幼なじみ６人で
立ち入り禁止の
看板を乗り越え
立ち入り禁止
はい
チーズ！
街を見下ろせる
丘の上で
高校入学の
記念写真を撮った
JN167605

それから約2カ月後
和夫《かずお》が原因不明の病で死んでしまった
そして葬儀後——
あのさ……!
これを、見てほしくて
この写真ならみんな持ってるじゃん
……!!
和夫の体調が悪くなり始めた時から
写真も徐々に変化してたの

写真を撮った
あの場所に
何かがあったとしたら？
……!
次は一体誰が
殺されるの…!?
落ち着けよ
まだあの写真が
関係しているとは
限らないだろ
あそこは
呪いの場所だって
聞いたわ…

CONTENTS

- 序章 — 8
- 第一章 原因不明 — 13
- 写真 — 19
- 二週間後 — 25
- 月影 — 34
- 葬儀 — 40
- 写真 — 45
- 予言 — 54
- ヤ電話 不安 悲鳴 第二章

第三章

最終章

番外編

予言写真

yogensyashin

登場人物紹介

橋田《はしだ》　梢《こずえ》

高1。バスケ部員。ショートカットがトレードマークの明るく活発な性格。霊感が少しある。

秋元愛子《あきもとあいこ》

梢のクラスメイトで一番の親友。性格は優しく、大人っぽい雰囲気。

高口《たかぐち》　渉《わたる》

梢と同じクラスで、梢が小学校のころから好きな人。親戚に宮司がいて霊感もある。

立川《たちかわ》准一《じゅんいち》

理子と同じクラスで、大きな家に住む。何かと気が利くしっかり者。

上原《うえはら》理子《りこ》

高校では梢たちとは別のクラスに。写真の異変に最初に気づいた。

植松《うえまつ》和夫《かずお》

小柄＆童顔で幼く見られる。丘で記念写真を撮ろうと提案した人物。

松田《まつだ》　彰《あきら》

理子と准一と同じクラス。梢たちと同じ小学校出身だけど、今まであまり交流はなかった。

【予言写真】

それは幼なじみたちと撮影した記念写真だった。
高校入学を祝い、街を見渡せる丘に向かった。
そこには薄汚れた【立ち入り禁止】の看板と、今にも千切れそうなロープ。
簡単に踏み込めるその場所に、あたしたちは足を踏み入れてしまったのだ……。

第一章

写真撮影

三月のある日、どこかの家からニュース番組の音が聞こえ漏れていた。

《〇〇市の大場里子《おおばさとこ》さん十歳が一昨日の夜から行方不明になっています。警察では里子さんが事件に巻き込まれた可能性もあるとして、捜査を進めています》

よく晴れた春の日だった。

あたしたちは丘の上にいた。

ここから街を見おろせば、つい数時間前まで入学式が行われていた立花《たちばな》高校を見ることができた。

今日からあたしたちは、あそこの生徒になった。

「ここから先は立ち入り禁止かぁ」

秋元愛子《あきもとあいこ》が先ほど来た道を振り返って呟《つぶや》いた。

たしかに、そう書かれた看板がロープにぶら下がっていた。

あたしたちは、それをまたいでここに来たのだ。

一瞬、入っていいかどうか戸惑ったけれど、その看板がやけに古くて文字もようやく読める程度だったので、『今は入ってもいいだろう』という結論に至りここにいた。

本当に入られたくないのなら、もっと頑丈な柵《さく》でも作ればいいのだ。

それをせずに今にも千切れてしまいそうなロープに頼っているということは、さほど重要な立ち入り禁止区域ではないのだろう。

何より、仲間全員でここに来たということが、みんなの気持ちを大きくさせていた。

「やっぱり、眺めは最高だな‼」

そう言ったのは植松和夫《うえまつかずお》だった。

この場所で記念写真を撮ろうと提案してきた友人だ。

数日前に偶然ここを見つけて以来、みんなで来てみたいと思っていたそうだ。

偶然にしてもどうしてこんな場所を見つけたのかと聞いてみると、和夫は真剣な表情でエロ本を探していたと言っていた。

和夫は友人の中でも一番背が低く、おまけに童顔だ。

高校生になってもまだ、年齢を誤魔化《ごまか》して年齢指定の本を購入することができずにいたのだ。

「いいか？　エロ本っていうのは、山道とか人が来ない池のまわりなんかによく落ちてるんだ」

そんなことを真剣に語っている。

「よし、タイマーセットしたぞ」

そう言ったのは、スマホ用の三脚を用意してきてくれた立川准一《たちかわじゅんいち》だ。

准一はヒョロリと高い背を丸めてスマホをセットすると、あたしたちの輪に入ってきた。

「はい、チーズ！」

そんなかけ声を女子たちで言い、あたしたちは入学記念の写真を撮影したのだった。

橋田梢《はしだこずえ》。

これがあたしの名前。

身長一五〇センチで少し小柄だけれど、これからグングン伸びると信じている。

万年《まんねん》ショートカットなのは、身長を少しでも伸ばすためにバスケットボール部に所属していたからだ。

もちろん、高校でもバスケを続けるつもりでいる。

立花高校では一年A組になった。

秋元愛子。

友人の一人。

一年A組。

背はあたしと同じくらいで、胸まで髪を伸ばし大人びた雰囲気。
上原理子《うえはらりこ》。
今回あたしたち女子とは違うクラスになってしまった友人。
クラス表を見て、自分だけ一年C組だったことにひどく落ち込んでいた。
立川准一。
理子と同じクラス。
一人だけ三脚を準備していて、何かと気の利く奴《やつ》。
植松和夫。
理子と准一と同じC組。
つねにネズミのようにチョコマカと動き回っている。
落ちつきがない。
そして最後が高口渉《たかぐちわたる》。
あたしと同じ一年A組。
そして、あたしの好きな人……。
あたしたち六人は赤ちゃんのころから一緒だった。
でも、高校まで全員同じ学校に行くことになるなんて思ってもいなかった。
しかも、クラスはA組とC組にきれいに分かれていた。

先生たちは、あたしたちの友人関係を知っていてクラスを決めたんじゃないかと考えてしまう。

「写真、回った？」

准一がスマホを片手に聞いてきた。

「うん、来たよ」

メッセージグループで繫《つな》がっているあたしたちは、写真のやりとりも簡単だった。

「いいじゃん。よく撮れてるよ」

「あたし、ちゃんと印刷して持ってこようっと」

愛子がうれしそうに言う。

「そうだね。せっかくの記念だからスマホの中だけってのは寂しいもんね」

それに賛同する理子。

「じゃあ、これからコンビニ行って印刷するか」

渉の言葉に、あたしたち六人はゾロゾロと丘を下り始めた。

和夫が探していた年齢指定の本は結局見つからなくて、和夫は文句を言っていたけど……。

二か月

みんなで集合写真を撮ってから二か月が経過していた。

冬服から夏服へ替わり、それぞれ部活やバイトも始めて生活が落ちつき始める。

慣れない制服も学校も、もう見慣れた景色になってきていた。

「今日、和夫は休み？」

昼休み、あたしと愛子の二人でC組の理子のところへ行った時、和夫がいないことに気がついた。

C組の教室内がいつもよりも静かだと思ったら、チョコマカと動き回る和夫の姿がないからだった。

「そうみたい。風邪《かぜ》ひいたんだってさ」

理子が言い、お弁当のウインナーを口に含んだ。

「へぇ！　あいつでも風邪ひくんだ？」

愛子が驚いたように目を丸くして言った。

「それ、和夫がバカって意味？」

クスクスと笑いながら理子が聞く。

愛子は大きく頷《うなず》いて「あいつが賢いように見える？」と、とても真剣な表情で聞いていた。

あたしはその様子に思わず噴き出してしまう。

たしかに、和夫が頭がいいとは思えない。

だけど、こうしてあたしたちと同じ高校に入学しているのだ。

勉強なんてしていないフリをしても、陰ではしっかり頑張《がんば》っていたということなんだと思う。

「そうだ。今日みんなで和夫の家に行ってみないか？」

あたしたちの後ろで席をくっつけてお弁当を広げていた渉が言ってきた。

「えぇ？　ただの風邪なのに？」

愛子は顔をしかめて言った。

「いや、そうなんだけど。あいつ土曜日から寝込んでるらしい」

渉がスマホの画面を見ながら言った。

和夫からのメールでも読んでいるのかもしれない。

「土曜日から？　今日は月曜日だから、もう三日目？」

理子が眉《まゆ》を寄せて言った。

「ちょっと長い……のかな？」

あたしは首をかしげて言った。

思い返してみれば、和夫が風邪を長引かせたことなんてないような気がする。

いつもバカみたいに元気で、風邪をひいても少しくらいなら平気で学校へ来ていた。

教室内で壮大なくしゃみをするから、いつも文句を言われていたっけ。

そんな和夫が今日で風邪をひいて三日目。

それは少し心配かもしれない。

「梢、今日は部活？」

愛子に聞かれて、あたしは「うん」と頷いた。

そしてすぐに「でも休めるから」と、つけ加える。

あたしは予定どおりバスケ部に所属していたけれど、入部したばかりの一年生は得点係や球拾いがメーンになっていた。

それに、今はみんなで和夫のお見舞いに行く流れになっている。

あたしだけのけ者というのは寂しかった。

「それじゃ、放課後はみんなで和夫のお見舞いね」

愛子が言ったので、あたしたちは頷いたのだった。

和夫の家は高校から近い場所にあった。

徒歩で十五分ほどだ。

その間にあるコンビニで、それぞれ三百円ずつ出してお見舞いの品を買った。

カットフルーツと、栄養ドリンクだ。

それらを持ち、五人でゾロゾロと歩いていく。

まわりから威圧的な存在に見られないよう、できるだけ男女距離を空けて歩くことになった。

「ねぇ梢」

トンッと肩を叩《たた》かれて振り向くと、好奇心を顔に浮かべた理子がいた。

「何？」

嫌な予感がしながら尋ねると、

「渉とは進展した？」

小声で聞いてくる理子。

あたしが渉に恋心を抱いていることは、女子たちの中ではもうとっくの前から知れ渡っていることだった。

なんせ、あたしの片想《おも》いは小学校高学年のころから始まっているのだから。

あたしの気持ちにいまだ気がついていないのは、もしかしたら渉だけかもしれない。

「とくに、何も」

あたしはため息交じりに返事をした。

「何もないの？」

理子は眉を寄せて言った。

「うん。同じクラスだって浮かれてたけど、休憩時間になるとすぐC組に行っちゃうんだもん」

仲のいい男友達がC組にいるから仕方のないことなのかもしれないけど、渉と会話する時間が取れなくてこっちは寂しい思いをしていた。

だから、最近では理子と一緒にお弁当を食べるという名目でC組に行っているのだ。

「そっか。まぁ、それは仕方ないよね。なんせC組にみんないるんだもん」

理子もあたしと同じ考えみたいだ。

「A組にも新しい友達はいるみたいだから、気長に待つしかないかな」

あたしは言い、ため息をつく。

「もう何年も片想い中なのに、まだ待つつもり？」

理子が驚いたように目を丸くして聞いてきたので、

「だって……」

あたしは、そう言って口ごもる。

今の友人関係を壊したくないし、もし振られてしまったら渉を含めたみんなと出かけることもできなくなってしまうかもしれないのだ。

そう考えると、なかなか一歩を踏み出すことができないでいた。

「梢はもっと積極的になってもいいと思うよ?」

「そう言われてもなぁ……」

あたしだって、ずっとこのままでいいなんて思っていない。

渉との関係を進展させたいと望んでいる。

「よし! 今年の夏休みにはみんなで海にでも行って、梢はそこで告白すること!」

突然の提案に今度はあたしが目を丸くする番だった。

「ちょっと、なに勝手なこと決めてんの!」

「だって、もう見てらんないんだもん。あー、今年の夏は楽しみだなぁ」

理子は言い、スキップをしてあたしを追い越していったのだった。

原因不明

それから他愛《たわい》ない会話をしながらダラダラ歩いていると、和夫の家が見えてきた。

小さいけれど立派な庭つきの一軒家だ。

この家の中で和夫が小動物みたいにチョロチョロと動き回っているのかと思うと、なんだか少しかわいく思えた。

渉が率先してチャイムを押すと、すぐに和夫のお母さんが玄関から出てきた。

和夫と同じ小柄で、童顔なお母さんだ。

この人が人間を一人産んでいるなんて信じられないくらいだ。

「あら、久しぶりね！」

和夫のお母さんは、あたしたちを見るなりうれしそうにほほ笑んだ。

和夫のお母さんに会うのは高校の入学式以来だった。

「お久しぶりです。和夫、大丈夫ですか？」

渉は和夫のお母さんに軽く会釈をして聞いた。

「えぇ。あの子にしては長引いてるけれど、大丈夫よ」

そう言いながらも、その声はどこか暗い。

和夫の調子はまだ悪いままなんだろうか？

「せっかく来てくれたんだし、ゆっくりしていってね」

和夫のお母さんに言われ、あたしたちはゾロゾロと家にお邪魔することになった。

和夫の部屋は二階の一番奥の部屋だ。

西側に窓があるから、この時間はよく日差しが入っていることだろう。

「和夫、みんなでお見舞いに来たぞ」

こげ茶色のドアの外からノックをし、渉が声をかけた。

けれど、中からは返事がない。耳を澄ましてみても、物音も聞こえてこなかった。

「寝てるのかな？」

愛子が呟く。

「和夫、開けるぞ？」

渉が声をかけてドアを開けた。

瞬間、和夫らしくなく整ったきれいな部屋が見えた。

六畳ほどの部屋に勉強机と小さなテーブルと、ベッドと本棚が置いてある。

本棚にはギッシリとマンガ本が詰め込まれている。

「あぁ……来たのか」

ベッドからそんな声が聞こえてきて視線を向けると、和夫がうっすらと目を開けて
あたしたちを見ていた。

「悪い。起こしたか？」

渉がベッドの横にしゃがみ込んで聞いた。

「いや、平気だ」

そう返事をする和夫の声はガラガラだ。顔色もずいぶんと悪い。

こんなに弱っている和夫を見るのは初めてで、どう声をかけていいのかわからなく
なってしまった。

あたしは愛子と目を見交わせる。

愛子も辛そうな表情を浮かべているだけで、何も言えずにいる。

「これ、フルーツと栄養ドリンク。食べられそうだったら食べてくれ」

渉が言い、コンビニの袋をテーブルに置いた。

「あぁ……ありがとう」

『ありがとう』を言い終わる前にせき込む和夫。

そのせき込み方が単なる風邪とは思えず、なんだか嫌な予感がした。

みんなもそう感じたのか、部屋の中の空気が重くなる。

「いったい、なんの病気なのかしらねぇ……」

そんな声が聞こえてきて振り返ると、和夫のお母さんが人数分のコップと一リットルのオレンジジュースを持ってきてくれたところだった。

「え？　風邪じゃないんですか？」

そう聞いたのは理子だった。

「何カ所かの病院で診てもらったんだけど、風邪や肺炎ではないって言われてるの」

「じゃあ、なんなんですか？」

渉が聞く。

すると和夫のお母さんは少し目を伏せた。

「その発熱も、声の変わりようも、原因がわからないんですって」

「へ……？」

予想外の返事に、あたしはマヌケな声を出してしまった。

だけど、みんな同じ気持ちだったのだろう、キョトンとした顔になっている。

「原因がわからない……？」

渉が首をかしげて言った。

「えぇ。最初はただの風邪だと思って家にある薬を飲ませてたの。だけどその日のうちにどんどん症状が悪化していって、夜中に四十度まで熱が上がったのよ。慌てて救急に連れていったけれど熱は下がらず、原因もわからないって言われたの。でも風邪や肺炎、気管支炎やインフルエンザではないって。それが土曜日のことだから、もう三日も高熱を出していることになるのよ」

四十度の熱が三日間続くのは、珍しいことではない。

でも、原因不明なんて……。

「ゴホゴホッゴホゴホッ……‼」

再び和夫がせき込み、和夫のお母さんが和夫の背中をさする。

思わず目をそらしたくなるくらい和夫はとても苦しそうで、〝早く帰ったほうがいい〟空気が漂い始める。

私たちは「また来るね」と言って和夫の家を出たのだった。

気づけば、あたしたちは和夫の家の近くにある公園に来ていた。

公園内では子供たちが遊んでいて、その喧騒《けんそう》で現実に引き戻された。

「原因不明って……」

ようやく口を開いたのは理子だった。

「うん。ヘンな病気じゃないといいよね」

愛子が真剣な表情で言う。

和夫のことだから、病気になったといっても元気に走り回っているはずだ。

心の中でそう思っていた自分が恥ずかしくなる。

事態は思ったよりもずっと深刻だった。

しばらく五人の間に沈黙が下りていた。

みんな、苦しんでいる和夫を目の当たりにして混乱しているのがわかった。

「でも、和夫はきっと元気になるよな?」

そう言ったのは准一だった。

准一はジッと地面を睨《にら》みつけている。

「あ、あぁ。もちろん」

渉がすぐに准一の意見に賛成した。

元気になるかどうかなんてわからなかったけれど、和夫の容態が悪いままだなんて考えたくなかった。

「よし、じゃあ、俺たちは明日も見舞いに行こうぜ。ノートのコピーとか、届けなきゃいけないしな!」

准一がパンッ!と手を叩いて言った。

その音で場の雰囲気が少しだけ変わる。

なんだか大丈夫な気がして、あたしは胸を撫でおろすと同時にほほ笑んだのだった。

一週間後

それから一週間たっても、和夫は学校に来ることができずにいた。

毎日お見舞いへ行っても和夫が元気になっているようには見えなくて、あたしたちの会話は自然と少なくなってきた。

本格的におかしいと感じ始めていたのだ。

和夫は相変わらず四十度の熱を出していて、病院で点滴をしてもらっていてもどんどん痩《や》せてきているのがわかった。

「今日は、どうする？」

月曜日の放課後、理子が誰とはなしに聞いてきた。

和夫の家に行くかどうかの質問だと、すぐにわかった。

「毎日行って迷惑かな」

そう言ったのは准一だった。

あたしも正直その心配をしていた。

行くたびにジュースやお菓子を出してくれる和夫のお母さんだったけど、最近では目の下にクマを作り、すっかり疲れた顔になってきていたのだ。

自分の息子が一週間以上寝たきりなのだから、当然だった。

和夫の顔を見るのも、和夫のお母さんの顔を見るのも、正直辛くなってきていた。

「今日はやめとく？　それとも、人数減らして行くとか？」

そう提案したのは愛子だった。

「五人でゾロゾロ行くよりも、そっちのがいいかもな」

渉が愛子の意見に賛成した。

渉が賛成なら、あたしも賛成だ。

その後の話し合いの結果により、今日はあたしと渉と准一との三人で行くことになった。

このくらいの人数でパッと行ってすぐに帰ってくるなら、そんなに迷惑にもならないだろう。

もう歩き慣れた和夫の家までの道のり。

前に立ち寄った公園まで差しかかった時、あたしは異変に気がついた。

公園の向こうの道に救急車が停《と》まっているのが見えたのだ。

「あそこって、和夫の家じゃないか？」

怪訝《けげん》そうな顔をして言ったのは准一だった。

「あぁ、そうだよな」

涉が返事をしながら小走りになった。

あたしたちもそれについていく。

和夫の家の前まで来ると、青い顔をした和夫のお母さんが玄関先に出てきているのが見えた。

エプロンにサンダルという格好だ。

「叔母さん！　どうしたんですか⁉」

駆け寄って聞く涉。

近所の人たちも何事かと顔を覗《のぞ》かせている。

「あ、あぁ、あなたたち……」

そう言ったきり口をつぐんでしまった。

その時だった。家の中から担架《たんか》が運び出され、そこに横たわる青い顔をした和夫が見えた。

「和夫⁉」

あたしは驚いて声を上げた。

駆け寄ろうとしたけれど、准一に腕を掴《つか》まれて静止させられる。

「作業の邪魔になるかもしれない」

そう言われると、近づくこともできなくなってしまった。

和夫はそのまま救急車に乗せられ、和夫のお母さんも救急車に乗り込んだ。

残されたあたしたちは救急車が走っていく様子を呆然《ぼうぜん》と見守っていることしかできなかったのだった。


あたしの家に電話があったのは夕飯を終えたころだった。

それは和夫のお母さんからの電話で、あたしの胸には嫌な予感が広がっていく。

和夫の真っ青な顔が脳裏に焼きついていて離れない。

「もしもし」

あたしは震える声を振り絞って受話器を握りしめた。

『梢ちゃん？　こんな遅くにごめんなさいね』

和夫のお母さんの声はやけに遠くに聞こえてきた。

「いいえ。あの、和夫は……？」

『今ね、病院なの』

その言葉に、あたしは声が遠い理由がわかった。

まわりに気をつかって小さな声で話をしているのだろう。

「和夫は、大丈夫なんですか？」

『和夫は……和夫はね……』

和夫のお母さんの声がブルブルと震えた。

感情を押し殺しているのに、自分では抑えきれない感情がせり上がってきているような声。

『今……たった今……!』

さっきまで小さかった声が悲鳴に変わった。

それ以降、和夫のお母さんはまともな言葉を紡ぐこともできず、叫び声を上げ続けた。

それだけで、あたしは和夫の身に何があったのか理解してしまった。

あたしは叫び続ける声を無視して電話を切ると、自分のスマホで渉に連絡を入れたのだった。

外はすっかり暗くなっていた。

こんな時間でも五人はすぐに集まることができた。

あたしたちを病院へ連れていってくれたのは、八人乗りの車を持っている愛子のお父さんだった。

愛子のお父さんは、ずっと真剣な表情で運転をしていた。

車内はとても静かで、誰も何も言わなかった。

あたしの耳には和夫のお母さんの悲鳴が今でも聞こえてきている。

大丈夫。

和夫が死んだと聞いたわけじゃない。

もしかしたら、あれは和夫のお母さんの演技なのかもしれない。

そんなわけないのに、あたしは何度もバカみたいな考え方を繰り返した。

そうしていなければ、あたしまで発狂してしまいそうな気分だったからだ。

「待っているから、行っておいで」

病院に到着して、あたしたちは転がるようにして車を降りた。

愛子のお父さんに礼を言う暇もなく院内へ走る。

夜の冷気が体を包み込んでも、今はとても暑かった。

受付で病室を聞くと、霊安室を案内され、みんなが息をのむのがわかった。あたしは膝から崩れ落ちそうになったけど、ぐっとこらえて走り出した。

病院内は走ったらいけないとわかっていたけど、あたしたちはダッシュでエレベーターに乗る。

少ししか走っていないのに、心臓は狂ってしまったかのようにドクドクと速く動いている。

ついさっき食べた夕飯を全部吐いてしまいそうな気分の悪さ。

「病院の雰囲気って嫌い」

愛子がポツリと呟いた。

あたしも同感だった。

とくに今は、すごく嫌な雰囲気だった。

それは自分自身の気持ちの問題に違いなかった。

目的の階で降りて霊安室へ向かう。

院内はとても静かで自分たちの足音しか聞こえてこなかった。

それが余計に緊張を助長しているように感じられる。

ドアに書かれた【霊安室】の文字が目に入り、心臓が嫌な音を立てる。走って部屋の前まで来たけれど、部屋に入るのがためらわれて足が止まってしまう。

部屋の中で起こっていることを見たくない……。

そう思った時だった。

「和夫」

渉がスッと手を伸ばし、ドアをノックして開けた。

部屋の中の状況を見た瞬間、あたしは呼吸が止まった。

小さな祭壇、顔に白い布をかけられてベッドに横たわる和夫、そして、ベッドの前のイスに背中を丸めて座る和夫の両親……。

テレビドラマとかでしか見たことのない光景が、そこにあったのだ。

「え……?」

渉も一瞬そんな声を出し、そのまま固まってしまった。

事態をのみ込めずにいるのはみんな同じだった。

「あなたたち、来てくれたのね」

イスに座っていた和夫のお母さんが立ち上がって言った。

その目は真っ赤に充血し、頬《ほお》には涙の痕《あと》がクッキリと残っていた。

さっき電話で発狂していたとは思えないくらい、今は冷静だった。

「これ、どういうことですか?」

理子が首をかしげながら聞いた。

和夫のお母さんは目を伏せて、左右に首を振った。

「ダメだったの」

涙で掠《かす》れた声。

ダメって何が?

和夫の何がダメだったの?

その言葉の意味を理解しているくせに、あたしの心は理解することを拒否している。

和夫のお母さんの言葉を受け入れることもできなくて、弾《はじ》き返してしまっている。

「和夫はもう……この世にはいないのよ……！」

そう叫んだ瞬間、その場に崩れ落ちて両手で顔を覆った和夫のお母さん。

「嘘でしょ……」

愛子が聞き取れないくらいの小さな声で呟く。

あたしは呼吸をすることだけで精一杯で、今にも倒れてしまいそうだった。

和夫のお母さんの大きな泣き声が聞こえてきて、あたしたちの間に真っ黒な世界が降り注いだのだった。

葬儀

三日後、和夫の葬儀が行われていた。

制服姿で会場に集まったあたしたちだったけれど、和夫が死んだなんて実感はまだなかった。

三日間ずっと悪い夢を見ているような感じだった。

病院で見たのは白い布をかけられた和夫の姿だけで、その顔は確認しなかった。

だから、もしかしたらあのベッドで横になっているのは誰か別の人なんじゃないかと、内心疑っていたのだ。

和夫と和夫のお母さんはあたしたちを騙《だま》していて、「ドッキリでした!」と、笑いながら出てくるんじゃないかって。

だって、和夫はそんなキャラだった。

チョロチョロと動き回ってみんなを驚かせたり、バカな話をしたりする。

だから今回だって、大がかりなドッキリだと思っても不思議じゃなかった。

そうじゃないのだと気がついたのは、葬儀も終盤に差しかかった時だった。

仲がよかったあたしたちと、同じクラスの子たちが集まり、先生も神妙な顔つきでいる。

この雰囲気は冗談なんかじゃなかった。

途端に、あたしの隣に立っていた理子が涙を流し始めた。

「理子？」

あたしが声をかけても、理子は返事をしなかった。

ハンカチを目元に押し当てて、必死で声を殺している。

「見送ってあげよう」

あたしは理子の体を抱きしめて言った。

棺が霊柩車《れいきゅうしゃ》に運ばれる。

あたしたちはここで和夫とお別れだ。

そう思うと、鼻の奥がツンッと痛くなった。

涙が滲《にじ》んできて視界が歪《ゆが》む。

それでもあたしは霊柩車へ向けてまっすぐ視線を向けた。

和夫の入っている棺が見えなくなる。

車がクラクションを鳴らしながら会場を出ていく。

和夫……。

これで和夫には二度と会えなくなるなんて、やっぱり信じることができなかったのだった。

葬儀が終わったあと、あたしたちは近くのファミレスに来ていた。

本当は学校へ戻って授業を再開する予定だったけれど、学校に行く気にはなれなかった。

会場に来ていた先生は何か言いたそうにしていたけれど「気をつけるんだぞ」とだけ言い、学校が用意したバスに乗り込んで帰っていった。

「今でも夢を見ているみたい」

沈黙を破って言ったのは愛子だった。

愛子の声は少しだけ震えている。

「あたしも、ずっとドッキリだと思ってた」

あたしは言った。

「和夫が死ぬなんて、考えてもないことだもんな」

准一が俯《うつむ》いたまま言う。

「あのさ……!」

みんなの会話を遮るように、理子が少しだけ声を大きくして言った。

みんなの視線が理子に集まる。

この中で泣いていたのは理子一人だった。

理子以外の全員は、まだ和夫の死を受け入れられていなくて、泣くこともできずにいた。

「どうしたの理子？」

あたしは理子の顔が青白くなっていることに気がついて聞いた。

「これを、見てほしくて……」

理子は言いながら、スカートのポケットから一枚の写真を取り出した。

それは、入学式のあとみんなで撮影したあの写真だった。

「この写真ならみんな持ってるじゃん」

そう言いながら理子の写真を見る。

その瞬間、すぐに異変に気がついた。

みんなもサッと青ざめたり、無言になったりしてその写真を見つめている。

写真に写っている和夫の顔が、苦痛に歪んでいるのだ。

「何、これ……」

愛子が口元を押さえ、眉間《みけん》にシワを寄せる。

「わからない。だけど、和夫の体調が悪くなり始めた時からこの写真も徐々に変化してたの」

理子はそう言うと、軽く身震いをした。

「冗談でしょ？」

愛子は青い顔をしたまま、理子をジッと睨みつけた。

理子が加工でもしたと思っているのかもしれない。

だけど、理子はそんなことをするような子じゃない。

こんな、悪趣味な加工なんて、誰もやらないはずだ。

「本当なんだよ！　最初はなんで和夫の顔だけ変化してきたのかわからなかった。コンビニで印刷した時に何かあったのかとか、写真の質の問題とか、保管の問題だと思ってた。でも、これに気づいたあと和夫の容態はどんどん悪くなっていって……しかも、スマホに保存した写真も歪んでるの……」

理子の言葉に、あたしたちは一斉にスマホを手に取り写真を確認する。

「……っ」

理子以外の全員が、息をのむのがわかった。もちろん、あたしもだ。

和夫の顔は……歪んでいた。

「嘘……でしょ……」

最初に口を開いたのは愛子だった。

「この写真が和夫の死を予言してたってことか」

渉が言い、信じられないというように左右に首を振った。

「そんなことってある？」

愛子はまだ信じていないようだ。

「帰ったら、自分たちの写真も確認してみよう」

准一が思いついたように言った。

「全員の紙焼き写真も同じようになっていたとしたら、これは偶然なんかじゃない」

「そうだけど……」

あたしはそこまで言い、口を閉じた。

スマホに保存してある写真の和夫の顔は、すべて歪んでいるのだ。

家にある写真の和夫の顔も、確実に歪んでいるはず。

みんなもそう思っているはずなのに、やっぱりどこかで認めたくないのだろう。

あたしたちは准一の言葉に頷くと、ファミレスを出たのだった。

予言写真

それからあたしたちはいったん学校へ戻り、残りの授業を受けてから家に帰ってきた。
あたしはリビングにいるお母さんに声をかけると、そのまま二階へと向かった。
みんなで撮った写真は壁のコルクボードに飾ってある。
意識して見ることは少ないけれど、いつでも見られる状態にあった。
あたしは集合写真を手に取り、和夫の顔を確認した。
瞬間、背筋が寒くなるのを感じた。
足元から全身にかけて冷たい手で撫《な》でられたように、ゾワリと身震いをする。
「嘘でしょ……」
思わず呟いていた。
和夫の顔は、理子の写真と同じように苦痛に歪んでいたのだった。
それからあたしは他のメンバーにメッセージを送った。

自分の写真も同じように変化していると伝えると、理子以外の三人も同じように変化していたと返事をしてきた。

みんなの写真が変わっている。

これはもう偶然なんかじゃなかった。

理子のイタズラじゃなかったことに安堵《あんど》しながらも、恐怖心が胸の奥側に生まれるのを感じた。

とにかく、明日それぞれ写真を持ち寄ろうという話になり、メッセージは終わった。

それからも、あたしはジッと写真を見つめていた。

気持ち悪さが込み上げてくるけれど、この写真が意味しているものを読み取ろうと思ったのだ。

だけど、何もわからなかった。

ただ気味が悪い写真に見えるだけだ。

あたしは諦《あきら》めて、写真を学生カバンに入れたのだった。


翌日の放課後。

あたしたちは帰り道の途中にあるカラオケに寄っていた。

まわりを気にせず会話できる場所といえば、ここくらいしかなかった。

「みんな、変化してるんだね」

全員が持ってきた写真をテーブルの上に置いて確認し、あたしは言った。

「あぁ。これ、絶対におかしい」

准一は顔を青くして頷く。

あたしはオレンジジュースをひと口飲んだ。

妙な緊張感で喉《のど》はカラカラになっている。

いくら飲んでも乾きが潤わない感じがする。

「この写真を撮った場所。立ち入り禁止だったよね」

そう言ったのは理子だった。

たしかにそう。

古ぼけたあの看板をまたいであたしたちは丘の上に立ったんだ。

「もしかして、本当に入ったらダメな場所だったんじゃない？」

理子が言葉を続ける。

「それならもっと頑丈に柵でも作るだろ」

准一が理子の言葉に答えた。

准一が言っていることも正しいと思う。

簡単に乗り越えられるような場所なら、あたしたち以外にもきっと立ち入っていることだろう。

「じゃあ、いったい何が原因で？」

あたしが言うと、みんな静まり返ってしまった。

現実的でないことが起こっている。

その原因なんて、誰も知ることはなかった。

「くっそ！　気持ちわりぃなぁ‼」

准一が突然マイクを使って叫んだ。

その声に驚き、目を丸くする。

すると准一はソファの上に立ち、あー！とか、ぐぁー！とか、声にならない声を上げている。

「気持ち悪いけど、考えてどうにかなることでもないな」

ため息交じりに言ったのは渉だった。

渉も顔色が悪いけれど、叫んでいる准一を見て少し楽しそうに笑った。

「カラオケに来てるんだもん。ストレス発散しようか」

愛子が言い、曲を入れ始める。

こんな時にカラオケ⁉

そう思ったが、こんな時だからこそどこかで発散するべきなのかもしれない。

「和夫のために歌いまぁす‼」

准一が叫ぶ。

その様子を見ていると、なんだかこっちまで楽しい気分になってきた。

生前の和夫がしていたようにふざけて走りまわり、バカな冗談を言いながらあたしたちは歌った。

その間、写真の中の和夫にずっと見られているような気がしていたのだった。

モヤ

その日、あたしは家に帰ると写真を引き出しの中にしまい込んだ。

何がどうなっているのかわからないけれど、もう目につく場所に置いておくことはできなかった。

コルクボードには雑誌から切り取った犬の写真を貼《は》りつけた。

これで視界に入っても見えるのは犬のかわいい顔だけになった。

こんなことをしても根本的な解決にはならない。

そうわかっていたけれど、あたしは安堵して眠りについたのだった。

それから数日間は何事もなく過ぎていった。

和夫がいなくなった教室は寂しく、覇気を失ってしまったようにも見えた。

だけど、日常は嫌でも戻ってくる。

あたしたちも、寝て起きて、学校へ来て勉強をするというサイクルを同じように繰り返していた。

そんな日が続いた、日曜日。
朝からスマホにメッセージが入り、あたしはその音で目が覚めた。
確認すると愛子からだった。
《愛子：今日会える？》
それだけの短い文章。
スタンプも絵文字も使われていないのは珍しい。
あたしはベッドに上半身を起こして返事をした。
《梢：会えるよ。どうしたの？》
《愛子：会ってから話す。一時間後、ファミレスで》
愛子がこんな風に一方的な文章をよこすのも珍しかった。
何かあったな。
直感したあたしはすぐに着替えを始めたのだった。

昼前のファミレスは人がまばらだった。

その窓際の四人席に愛子は座って待っていた。

どのくらい待っていたのだろうか、イライラしたように指先でテーブルをコツコツと叩いている。

あたしはスマホで時間を確認した。

約束まであと十分はある。

「愛子」

近づいて声をかけると、愛子はハッとしたように振り向いた。

その目は充血していて、目の下にはクマができている。

その顔に驚いてあたしは愛子をマジマジと見てしまった。

「ひどい顔でしょ」

愛子は言い、頬に触れた。

「何があったの？」

聞きながら愛子の向かい側に座った。

「昨日から寝てないの」

「どうして？」

「これを見て」

そう言って愛子がエナメルのバッグから取り出したのは、みんなの集合写真だった。

あたしはとっさに視線をそらせた。

もう見なくていいようにしていたのに、どうして持ってくるんだろう。

「こんな写真を見てたら眠れなくなっても仕方ないよ」

「そうじゃないよ梢。ここを見て」

愛子に言われてあたしは仕方なく写真に視線を落とした。

できるだけ和夫を見ないように気をつける。

愛子が指さしている右上を見ると、そこに微かに黒いモヤのようなものが見えた。

気のせい？

そう思い、目をこする。

しかしそのモヤは消えなかった。

写真の右上はただの空が写っているだけだったはずだ。

あの日はよく晴れていて、黒い雲なんてどこにもなかった記憶がある。

「何、これ……」

「印刷した時、こんなモヤなかったよね？」

愛子がグイッと体を寄せて聞いてきた。

あたしは何も返事ができなかった。

写真の隅々までを見ているわけじゃない。

とくに空がどんな風に写っていたかなんて、覚えていなかった。

だけど、これは明らかに異質なモヤだった。

「印刷した時に、インクが滲んだんじゃない？」

あたしはできるだけ冷静に判断し、言った。

愛子は真剣な表情であたしを見ている。

「本当に、そう思う?」

「何それ、どういう意味?」

あたしは愛子に聞き返した。

愛子の言い方だと、まるでこのモヤに何か特別な意味でもあるように感じられてくる。

「だって、おかしいじゃん。和夫の顔だってさ——」

「やめてよ!」

あたしは愛子の言葉を遮って叫んだ。

近くにいたお客さんが何事かと視線を向けてくる。

「愛子の考えすぎだよ」

あたしはそう言うと席を立ち、愛子を置いてファミレスを出たのだった。

ファミレスを出て大股《おおまた》で歩いていると、少しずつ気持ちが落ちついてくるのを感じる。

愛子はあのモヤを見つけて不安で仕方なくて、夜も眠れなかったのだ。

それなのに、あたしは怒鳴って逃げてきてしまった。

そう考えると申し訳ない気分になり、スマホを取り出した。

《梢：ごめんね愛子。ちょっとビックリしちゃって……。帰ってあたしも自分の写真を確認してみるから》

そんなメッセージを送ってから、ため息を吐き出した。

本当は、またあの写真を見なきゃいけないということが憂鬱《ゆううつ》だった。

できればもう二度と見たくない。

あたしは重たい足取りで家へと向かったのだった。


早い時間に帰ってきたあたしに両親は驚いた顔をしていた。

遊びに出かけて、ほんの数十分で帰ってきたことなんて、今まで一度もなかったからだ。

そんな両親に適当に返事をして二階へ向かう。

写真を確認するなら、明るいうちがいい。

暗くなってから確認して、もし同じようなモヤが浮かんできていたら、あたしこそ眠れなくなってしまうだろう。

「もう、なんであたしがこんなこと……」

ブツブツと文句を言うのは、気分を紛らわせるためだ。

何か言っていないと、憂鬱と恐怖で胸が押し潰されてしまいそうだ。

机の前に立ち、何度も深呼吸をする。

引き出しを開けるのにこんなに緊張するのは、生まれて初めてのことかもしれない。

勇気を出して一気に引き出しを開ける。

そこには無造作に突っ込まれた写真があった。

あまり見たくないと思い、引き出しに入れてすぐ閉めたからシワになっている。

あたしは恐る恐る写真を手に取った。

愛子が指さしていた右上を確認する。

そして「あぁ……」と、口から空気が抜けていった。

愛子に見せてもらったのと同じようなモヤが、あたしの写真にも浮かんできていたのだった……。

第二章

悲鳴

和夫の表情の変化に、右上の黒いモヤ。

いったいこれはどういうことなんだろう?

他のメンバーの写真にも同じような変化が起きているのだろうか?

そう思ったけれど、あたしはそれを確認する勇気がなかった。

ただただ嫌な予感がして、あまり眠ることができず、翌日の朝、風邪をひいてしまっていた。

「最悪」

学校への道のりを歩きながらあたしは呟く。

風邪をひいていても、今日は小テストがあるから休めないのだ。

ただの小テストならよかったけれど、これが成績に直結しているらしく、意地でも登校しなければならなかった。

だけどこの体調では、しっかり解答することもできないかもしれない。

そんな風に考えながら教室へ入ると、せき込んでいる渉の姿が目に入った。

「おはよう渉」

少しクラクラしながら言うと、マスクをつけた渉が驚いたようにあたしを見た。

「どうした、顔真っ赤じゃないか」

「ちょっと風邪ひいちゃって。渉も風邪？」

「あぁ。テストのある日に限ってこんなことになるんだもんな」

そう言い、苦しそうにせき込んでいる。

テストがあるのは六時間目。

あたしたちはすべての授業に出なければ帰ることもできないということだった。

しかも、四時間目は体育の授業がある。

これはさすがに休むことになるだろう。

「梢、無理するなよ？」

和夫のことがあったからだろうか、渉が心配そうに言ってきてくれた。

その言葉がうれしくて心臓がドクンッと跳ねる。

「ありがとう。渉もね」

あたしはそう言うと、自分の席へ向かったのだった。

それからあたしと渉はどうにか授業を続け、四時間目に差しかかっていた。

今日の四時間目は体育だったので、あたしたち二人は教室で自習をすることになった。

他に生徒たちはいない。

滅多にない二人きりの空間に、心臓がドキドキしてくる。

渉は数学の教科書を取り出して真剣に読み込んでいる。

あたしも同じように数学の教科書とノートを開いた。

できれば同じところを勉強したいな。

頭の中でぼんやりと考えるけれど、渉が今どこを勉強しているのかわからない。

「梢、ちょっと来て」

シャーペンを手に持った瞬間声をかけられ、あたしは驚いてビクッと身を震わせた。

真剣に勉強している様子だったから、話しかけられるとは思っていなかった。

「な、何?」

聞きながら席を立ち、渉の席まで移動した。

わからない箇所でもあるのかと思っていたが、渉の机に出ていたのはあの写真だったのだ。

ノートの上に置かれた写真に一瞬息をのみ、顔をそむけた。

「これ、ここ見て」

涉は写真から顔をそむけているあたしに気がつかず、写真を指さして言った。

「何……？」

嫌な予感がする。

見たくない。

だけど今は渉と二人きりだ。

この空気を壊したくなかった。

あたしは深呼吸をして目の端だけで写真を見た。

渉の写真の右上にも黒いモヤが出てきている。

「これ、こんなモヤあったっけ？」

渉もこのモヤに気がつき、気にしていたようだ。

「さぁ？　よく覚えてないけど」

あたしは、できるだけ平静さを装って答えた。

よく覚えていないのは嘘じゃない。

「でもさぁ、この日ってすごい晴れてたし、どうもおかしいと思うんだよな」

やだ、やめてよ。

そんな話聞きたくない。

あたしは唇を噛《か》んで下を向いた。

もう、その写真の話はやめにしようよ。

涉へそう言おうと口を開いた時だった。

同じ階のどこかのクラスから、ガタン！という大きな物音と、女子たちの悲鳴が聞こえてきてあたしは涉と目を見合わせた。

「なんだ、今の」

「わからない」

あたしが左右に首を振ったのと同時に、涉は立ち上がっていた。

様子を見にいくようだ。

あたしは涉のあとに続いて教室を出た。

教室を出ると、隣のB組の先生が廊下に出ていて、C組の様子を見ていた。

その向こうには生徒の姿もたくさん見える。

どうやら、物音と悲鳴はC組から聞こえてきたみたいだ。

あたしと涉が近づいていくと、青い顔をした理子が教室の外へ出てきた。

「理子、いったい何があったの？」

「梢……クラスメートの彰《あきら》くんが突然倒れたの」

そう言われて教室内を覗き込むと、たしかに倒れている彰の姿が見えた。

先生が彰の体を抱き起こそうとしている。

「手伝います！」

B組の先生がすぐに駆け寄る。

あたしはその光景を唖然《あぜん》として見つめていた。

松田《まつだ》彰は、あたしや渉と同じ小学校だった。

ただ、あたしたちのグループに入らなかったからあまり会話はなかったけれど、幼なじみの一人に違いないのだ。

「彰くん、朝は元気だったんだけどなぁ」

理子が言う。

なんだか嫌な予感がする。

大人二人がかりで保健室へと連れられていく彰を見送り、あたしは渉を見た。

そういえばあたしの熱っぽさはもうすっかりなくなっている。

あたしはこの時、気がついたのだった……。

不安

小テストの結果はまぁまぁだった。

体調も戻っていたし、体育の授業中に勉強した甲斐《かい》があって、わからない問題はなかった。

渉もあたしと同じような感じだったようで、終わったあとにVサインをしてきた。

「彰、大丈夫だったかな」

帰る準備をしながらあたしはポツリと呟いた。

このクラスにも、四時間目の授業中に彰が倒れたという話は広まっていた。

「様子、見にいく?」

愛子が声をかけてきた。

「うん。そうだね」

頷いた時、理子と准一の二人が廊下に立ち声をかけてきた。

「一緒に帰ろー!」

そう言う理子に頷き、カバンを持って昇降口へと急いだ。

「理子、彰は？」

「彰くんはそのまま病院に連れていかれたみたいだよ」

「病院に？」

あたしの後ろから聞いたのは渉だった。

渉も彰のことを気にかけていたみたいだ。

「うん。なんでも熱が高くて季節外れのインフルエンザかもしれないからって、先生言ってた」

インフルエンザ。

それなら病院に連れていかれてもおかしくないかもしれない。

学校内にいれば感染者を増やしてしまうことになる。

「なんか、嫌な感じがするな」

そう言ったのは准一だった。

「嫌な感じって？」

理子が聞くと、准一は顔をしかめて大きく呼吸をした。

「だって、和夫のことがあったばかりじゃん」

准一の言葉にみんな一瞬無言になっていた。

和夫のかかっていた病がもし感染症だったとしたら、彰も同じ病気かもしれない。

和夫のお母さんは感染症ではないと言っていたけれど、病院でわからなかっただけという可能性もあった。

そんな思いが広がっていく。

「今日、これから彰のお見舞いに行ってみようか」

そう言ったのは渉だった。

「そう、だね……」

病院へ行ったのであればもう病名はわかっているはずだ。

それを聞けばあたしたちだって安心できる。

「悪い。今日は俺、予定があるんだ」

准一が申し訳なさそうに言った。

「え、そうなの？」

あたしは聞き返す。

「あぁ。でも、明日ならみんなと一緒に行けるはずだから」

「そっか。仕方ないね」

「ほんと、悪い」

准一はそう言うと、急ぐように帰ってしまったのだった。

残されたあたしたちは誰とはなしに歩き出し、そのままバスに乗って病院を目指していた。

あたしと、愛子と、理子と、渉。

いつもならここにムードメーカーの和夫が入るのに、和夫はもういない。

そう思うと途端に胸が苦しくなった。

世界のどこかでは毎日人が亡くなっているというのに、自分の身近な人となるところんなにも苦しい。

「梢、大丈夫？」

あたしが暗い表情をしていたからか、愛子が心配して声をかけてくれた。

「大丈夫だよ……。ただ、不安で」

あたしは思ったままを口にしていた。

彰の病気がなんなのかも不安だし、和夫は、もうこの世にはいないという現実も、とても不安だった。

それに、あの写真も……。

写真のモヤを思い出しそうになって、あたしはギュッと強く目を閉じた。

思い出したくなんてない。

「梢、もうつくよ」

愛子に言われて目を開けると、バスは病院の停留所へと入っていくところだった。

彰がいる病院は和夫が入院していたのと同じ病院だった。

広い廊下を抜けてエスカレーターに乗る。

学生服の男女数人がゾロゾロと院内を歩くのは嫌でも目立ってしまうから、すぐに帰ろう。

そう思っていたのに、彰は運ばれてきたあと病室まであてがわれていることがわかった。

みんなが一瞬不安な表情を浮かべる。

「だ、大丈夫だって！」

明るい声で言ったのは渉だった。

「熱が高いから、ちょっと検査でもするんじゃねぇの？」

「そ、そうだよね……？」

渉の言葉に愛子が続いた。

みんな、和夫の死を頭のどこかで思い出しているはずだった。

だけどそれは顔にも声にも出さず、明るいほうへと思考回路を持っていく。

あたしも、本当は不安で不安で仕方がなかったけれど、「きっと大丈夫だよ」と、明るく言ったのだった。

受付で教えてもらった病室へ行くと、そこにはちゃんと彰の名前が書かれていた。

渉が一歩前に出てドアをノックする。

中から「はい」と、くぐもった声が聞こえてきた。

間違いない、これは彰の声だ。

「彰、俺、渉だ。他のみんなもいる。入っていいか？」

「あぁ。いいよ」

その返事を聞いてから渉はドアを開けた。

白い天井に白い床。

何もかもが白い部屋に、和夫が眠っていた霊安室の様子が蘇《よみがえ》ってきた。

頭を振って、その光景を打ち消す。

彰の顔は赤く、ひと目で熱が出ていることがわかった。

頭の下には氷枕《こおりまくら》が置かれている。

「彰、お前大丈夫なのかよ？」

彰を見た瞬間、渉が聞いた。

「おぉ。一応大丈夫なんだけどな。一日入院するらしいよ、俺」

彰はひどい鼻声で言い、自分を指さして笑ってみせた。

その態度にホッと胸をなで下ろす。

苦しそうではあるけれど、まだ冗談が言えるのだ。

和夫の時とは違うそれに自然と笑みがこぼれていた。

「あ、梢、今お前、笑ったろ。人の不幸を笑っただろ」

彰がすぐにあたしを見て言ってきた。

「そ、そんなことないよ！　彰が変なこと言うからじゃん」

あたしは慌てて左右に首を振り、言った。

「病人らしくねぇなお前は」

渉が彰の肩を叩く。

それに対して彰はわざと痛がるフリをする。

よかった。

彰は元気そうだ。

あたしは二人を見て笑ったのだった。

電話

それは朝五時ごろのことだった。
あたしはまだ眠りの中で、目覚めるには早い時間だった。
両親だってまだ起きていなかっただろう。
そんな静かな眠りを妨げるように、家の電話が鳴り始めた。
リビングで鳴り響く電話に出たのはお父さんだった。
話し声はあたしの部屋までは聞こえてこない。
あたしは再びまどろみ始め、目を閉じた。
すぐにでも夢の世界に入っていけそうだったのに、ドタドタと足音が聞こえてきて
あたしの眠りはまた妨げられた。
そして乱暴に叩かれたドア。
「梢、起きろ！」
お父さんの声がして、乱暴に開かれたドアにあたしは上半身を起こした。
「何？」

寝起きの声で尋ねるとお父さんは電話の子機を握りしめたまま、眉間にシワを寄せた。

そして、何も言わずにあたしに子機を渡してきたのだ。

見ると電話は保留にされていて、まだ相手と繋がっている状態にあるとわかった。

「電話、誰？」

「……立川さんからだ」

「立川って……准一？」

「あぁ」

准一から電話ってなんでこんな時間に家の電話に？

何か急ぎの用事があっても、あたしたちのやりとりは必ずスマホだった。

まだお父さんに質問したかったけれど、いつまでも電話の相手を待たせるわけにもいかなくて、あたしは保留を切った。

「もしもし？」

『あ、梢ちゃん？』

聞こえてきたのは准一のお母さんの声で、あたしは一気に緊張してしまった。

准一のお母さんは几帳面《きちょうめん》で真面目な人だ。

そんな人がこんな非常識な時間帯に電話をしてくるなんて、何かあったに違いない。

「はい、梢です」

『朝早くからごめんね』

「い、いいえ大丈夫です。えっと、何かあったんですか？」

そう聞くと、少しの沈黙が訪れた。

あたしは嫌な予感がして、まだ部屋にいるお父さんを見る。

お父さんは難しい顔をしたまま何も言わなかった。

『梢ちゃん、落ちついて聞いてね？』

「え……？」

准一のお母さんの前置きが余計に嫌な予感を覚えさせた。

聞きたくないと、体が拒絶している。

『昨日の夜、准一は病院に運ばれたの』

「え⁉」

予想外の言葉にあたしは目を見開いた。

眠気はいつの間にかすっかり消え去っていた。

「どういうことですか？」

『あの子、放課後に一人で隣町まで行ってたみたいなの。そこで事故に遭って、病院に搬送されたけれど意識がなくて――』

准一のお母さんの言葉が、どこか遠くで聞こえているような感覚だった。

隣町?

事故?

すべての言葉があたしの頭からすり抜けて落ちていく。

説明してもらいたいことが次から次へと生まれてくるのに、一つも言葉にならなかった。

受話器片手に呆然としたままでいると、ツーツーと機械音が聞こえてきていることに気がついた。

いつの間にか電話は切れていたのだった。

あたしたち四人はすぐに連絡を取り合い、六時半には学校の近くのコンビニに集まっていた。

みんな制服姿だ。

みんなの元にも准一のお母さんからの電話がきていて、それを順番に整理していくことになった。

准一は昨日あたしたちと一緒に行動していなかった。

その時間帯、准一は隣町に行っていたようだ。

どうしてか？

その理由は誰にも話していなかったようだ。

そして准一は隣町で事故に遭い、そのまま……。

「准一はどうなるの？」

愛子が話の途中で聞いてきた。

愛子は本当に話についてこられていないようで、さっきから首をかしげてばかりいた。

「わからない。でも、意識がないって聞いたよね？」

理子が俯いたまま誰ともなくに尋ねた。

「あぁ。信じらんねぇよな」

渉がボリボリと頭をかきながら言った。

やり場もなく、なんと形容していいのかもわからない複雑な感情が、みんなの心を支配していた。

もちろん、あたし自身にもだ。

和夫が死んで、今度は准一？

そんなの信じられなくて当然だった。

あたしは和夫が死ぬまで人のお葬式にだって出たことがなかった。

身近な人が死ぬなんて、想像もできないことだったんだ。

「とにかく、准一が入院してる病院に行ってみよう」

そう言ったのは渉だった。

「渉、病院を聞いたの？」

愛子が聞くと、渉は「当たり前だろ」と、返事をした。

あたしは聞きたいことがたくさんあったけれど何も聞けずに電話は切れてしまった。

それに対して渉はなんてしっかりしているんだろう。

あたしは感心しながら、みんなについて歩き出したのだった。

ヤマ

朝の病院は人が少なく、ひっそりと静まり返っていた。

そんな中、四人がゾロゾロと歩いている光景はいつも以上に目立つものだった。

案内された外科病棟まで行くと、廊下のソファに座っている人影が見えた。

准一のお母さんとお父さんだ。

二人は缶コーヒーを手に、ジッと病室のドアを見つめている。

その空間は誰かが声をかけることで簡単に壊れてしまいそうな雰囲気を持っていた。

「あの……」

渉が一歩前に出てそっと声をかける。

その声はさすがに緊張しているようだった。

「あら、あなたたち」

准一のお母さんは慌てて立ち上がり、あたしたちに会釈してくれた。

「朝早くに電話してごめんね。准一と一番仲がよかったあなたたちにだけは、先に知らせてあげたいと思って」

「ありがとうございます」

渉はそう言って頭を下げると、ガラス張りになっている病室を見た。

病室内は立ち入り禁止になっていて、中にはたくさんの管に繋がれた准一が目を閉じて横になっていた。

その顔のあちこちには小さな傷がたくさんできていて、見ていることが辛くなってくる。

布団や器具で隠された部分にはもっとひどい傷があるんだろう。

「あの……准一はどうして隣町なんかに？」

そう聞いたのは理子だった。

みんな、ずっと気になっていたことだった。

「それがあの子……隣町に女友達ができたみたいなの」

准一のお母さんは言い、恥ずかしそうに俯いた。

「女友達？」

あたしは思わず聞き返していた。

准一にそんな子ができたなんて、聞いたことは一度もなかった。

メンバーを見回してみても、みんな何も知らない様子だ。

「そうなの。それがスマホのアプリとかを使って知り合った子みたいで、だから誰にも相談することなく、昨日一人で会いに行ったみたいなのよ」

出会い系。

そんな言葉が浮かんでくる。

准一がそんなアプリをダウンロードしていたなんて、驚いて声も出ない。

「まぁ、あたしたちくらいの年頃じゃ珍しくないかもね」

驚きを隠せないあたしへ向けて愛子が言った。

「そう、なのかな？」

「うん。真面目な准一がこっそり会いに行ったんだもん。かなりの度胸が必要だったと思うよ」

それは、たしかにそうかもしれない。

准一はいつも真面目だった。人一倍気が利くし、まわりのことをよく見ている。

だからこそ、自分が出会い系で知り合った女の子に会いに行くなんて言い出すことができなかったのだ。

その気持ちは、なんとなく理解できる気がした。

あたしも、友人たちにすべてをさらけ出せているわけじゃない。

仲がいいからこそ言えないようなこともある。

とにかく今は、准一の回復を祈ることが、あたしにできる唯一のことだったのだ。

准一のそばから離れたくない。

そんな雰囲気があって、あたしたちは学校を休むことにした。

先生も事情を知っているので、深く咎《とが》めてくることはなかった。

しかし、学生服を来た四人がダラダラと院内にいることはさすがに気がひけて、あたしたちは近くのファミレスに移動してきていた。

先生には連絡を入れてあるので、学校に通報されても心配はない。

「准一、大丈夫だよね……?」

そう言ったのは愛子だった。

愛子はすっかり疲れてしまった顔をしている。

一気に年を取ったように見える。

「大丈夫に決まってんだろ」

そう答えたのは渉だった。

あたしも、渉の言葉に頷いた。

准一はきっとヤマを越える。あたしたちが信じてあげなきゃいけないんだ。

「とにかく、俺たちは何か食べよう。院内でぶっ倒れて迷惑かけないようにさ」

気を取り直すように渉が言った。

「そう……だね」

理子が軽く顔を上げて頷いた。

食欲はないけれど、そんなことを言っている場合ではない。

ちゃんと栄養を取って、准一を見守らないといけないんだから。

それからあたしたちはほとんど無言のまま食事をした。

おいしいはずの料理の味は、ちっとも感じられない。

だけどあたしはパスタを食べきって、息を吐いた。

「愛子は何も食べないの？」

さっきからお冷やしか飲んでいない愛子へ向けて声をかける。

「うん……。あたしはいいや」

そう言って左右に首を振る愛子は、なぜかあたしから視線を外している。

何か言いたいことがあるように見えるけれど、愛子はそれっきり口を閉ざしてしまった。

「病院へ戻るの？」

理子が誰とはなしに聞いた。

「あぁ。もちろんだ」

渉が返事をする。

「ついでに彰の様子を見てみるか」

そういえば、彰もまだ入院しているかもしれないのだ。

病室で自分を指さして『入院だって』と冗談っぽく言っていた彰を思い出す。

「もしかしたら、もう退院してるかもしれないね」

彰の様子を思い出して少しだけ気分が変わったあたしは、明るい声で言ったのだった。


病院へ戻ると、あたしたちはまっすぐ彰の部屋へと向かった。

ノックして開けると、そこには暇そうに雑誌を広げた彰の姿があった。

「あれ？　お前ら学校は？」

あたしたちの姿を見て驚いたように聞いてくる彰。

「サボった」

渉がスラッと答える。

本当のことを言おうかどうか、決めかねているのかもしれない。

「なんだよ、みんなでか？」

彰はうれしそうに目を輝かせて言った。

「あぁ。全員でサボってお前の見舞いに来たんだ。どうだ？　泣くほどうれしいだろ？」

渉は恩着せがましく言い、笑った。

「おぉ！　すっげーうれしい！」

「なんか、元気そうだね」

あたしはホッとして言った。

元気な彰を見ていると自然と笑みがこぼれてくる。

「元気元気！　午前中に検査も終わって、結果が出て大丈夫だったら退院だってさ！」

「そっか。まぁ、その様子なら何も心配することはないな」

渉が安心したように言った。

もし、万が一和夫のようなことになったら。

そんな不安はあっという間に消えていく。

あたしたちは一時間ほど彰と一緒に話をして、病室を出たのだった。

それから院内にある中庭の休憩スペースに移動して、外の空気を吸い込んだ。

きれいに手入れされた花壇から花の香りが漂ってくる。

「あの……さ……」

ベンチに座っていると、愛子がおずおずと口を開いた。

「何？」

あたしは隣の愛子を見る。

愛子は今日あまりしゃべっていないし、ファミレスでも結局一人だけ何も食べないままだった。

「あたし……これを……」

そう言いながら、愛子は学生カバンを開けた。

中には今日勉強するはずだった科目の教科書がちゃんと入れられている。

その中から、愛子は一枚の紙を取り出した。

「それって……」

裏になっていてもわかった。

あれは写真だ。

あたしは嫌な予感がして、食べたものが戻ってくる感覚があり、口を手で押さえた。

「気になって、持ってきたんだけど……」

愛子がとぎれとぎれに言い、写真を見えるように差し出してきた。

想像どおり、それはあの集合写真だった。

あたしは目を見開いてそれを見る。

本当は見たくなんてなかったけれど、見なくちゃいけないという気持ちになっていた。

そして見つけたのは……准一の、苦痛に歪んだ顔だったのだ。

あたしはサッと青ざめて写真から視線を外した。

心臓がドクドクと速くなっていく。

自分の意思とは関係なく、呼吸が乱れる。

「嘘でしょ……？」

理子の声が聞こえてくる。

「このモヤも大きくなってる気がするの」

愛子の言葉にあたしは右上に現れた黒いモヤを思い出していた。

愛子の写真が変化しているということは、きっとみんなが持っている写真も変化しているだろう。

和夫の時と、同じように……。

「変なこと言うなよ‼」

突然渉の怒鳴り声が聞こえてきて、あたしはハッと顔を上げた。

次の瞬間、渉が愛子の持っていた写真を奪い取ったのだ。

「ちょっと！」

愛子が奪い返そうとする前に、渉は写真をグチャグチャに丸めて近くのゴミ箱へと投げ入れてしまったのだ。

三人の間に沈黙が横たわった。

渉は真っ赤な顔をして怒っている。

「こんな写真なんか、クソくらえだ！」

捨てる

あたしはゴミ箱へ近づき、写真をそっとつまみ上げた。

できるだけきれいにシワを伸ばすと、愛子が言っていたとおり黒いモヤが大きくなっているのがわかった。

「愛子、これ」

「梢……ありがとう」

愛子は小さな声で言い、あたしから写真を受け取った。

「ごめんね、あたしのせいで、空気が悪くなっちゃって……」

愛子は手の中で写真をギュッと握りしめて言った。

「愛子のせいじゃないよ」

理子が愛子の手を握りしめて言った。

「そうだよ。その写真は、あたしだって気になってる」

あたしは理子に同意する。

渉はさっきから難しそうな顔をして地面を睨みつけていた。

「准一の顔、歪んでたね……」

理子の呟く声に、ハッと息を飲むあたし。

歪んだ准一の顔。

つまりそれは、次に死ぬのは准一だということだろうか?

誰かに聞きたいけれど、口にはできなかった。

言ってしまうとそれが現実になってしまいそうな、そんな恐怖があった。

「やっぱり、こんなのいらない」

突然立ち上がった愛子が、写真を手にしたままゴミ箱へと歩いていく。

そしてそれを捨てたのだ。

「愛子……」

「こんな写真で人の生死が決まるなんてありえない。そうだよね?」

愛子が振り向いて聞いてきた。

「そう……だよね」

あたしは頷く。

そうだ、写真で人が死ぬなんてありえない。

こんなの単なる偶然だ。

「たしかに、写真が原因じゃないかもしれない」

理子がポツリと呟くように言った。

みんなの視線が理子に集まる。

「でも、写真を撮ったあの場所に何かがあったとしたら？」

理子の言葉にあたしの胸がギュッと痛んだ。

それはあたしも少し考えていたことだった。

立ち入り禁止の古びた看板。

あれをどうしても忘れることができないままだった。

「どういう意味？」

愛子がベンチへ戻ってきて理子へ聞いた。

「あたし、気になって調べたの。あの丘のこと」

「それで？」

「あの場所は昔墓地として使われていたらしいんだ。ずっと昔、土葬だった時代」

「そんなの、よくある話だろ」

そう言ったのは渉だった。

「でも……」

理子は不安そうな表情を変えない。

「大昔までさかのぼれば、どこだって墓地になる。あちこちで人が死んで、そのまま骨になってたりもするんだろうしな」

「渉の言うとおりだよ」

あたしは渉の意見に賛成して言った。

けれどそれは、自分の中の恐怖を消すためにも思えた。

写真に出てきた右上のモヤの存在が、あたしの頭に引っかかっている。

墓地で写真撮影をしてしまったあたしたちを見おろしているようなモヤ。

立ち入り禁止を無視したあたしたちは、地面を踏みつけ、眠っていたモヤを起こしてしまったんじゃないだろうか？

そんな考えがよぎって、あたしはすぐに考えを遮断したのだった。

調べる

それから夕方まで病院にいたあたしたちだったが、准一の両親から家族が心配するからいったん帰りなさいと言われ、それぞれの帰路についていた。

准一は相変わらず眠ったままでたくさんの機械に繋がれている。

ピッピッピッと心電図が規則正しい心音を教えてくれているけれど、それがいつ止まるかわからない恐怖が全身に染みついていた。

あたしが家に戻った時には、すでに周囲は暗闇《くらやみ》に包まれていた。

長い時間病院にいたせいか、体に薬品の匂《にお》いが染みついているように感じられた。

「ただいま」

そう言ってドアを開けると、両親がすぐに出てきてくれた。

「准一くん、大丈夫そうなの？」

両親はあたしが学校をサボってしまったことを咎めることなく、質問してきた。

あたしは「わからない」と、返事をするしかなかった。

准一は今はまだ生きている。

たしかに生きてる。

「でも、きっと助かるから」

あたしはそう言うと、リビングへ向かってデスクトップの電源を入れた。

今日理子に言われたことをもう一度調べてみるのだ。

あの丘が昔、墓場だったかどうか。

他にも何か見つかればいいと思う。

それと、和夫の死や准一の事故が結びつくかどうかわからないけれど、もし、結びついたとしたら……。

あたしはゴクリと唾を飲み込んだ。

幽霊や祟《たた》りなんて言えば人は信じてくれないだろう。

笑い飛ばされてしまうかもしれない。

けれど、今は藁《わら》にもすがる思いだったのだ。

そしてあの丘について調べた結果、理子の言ったとおり昔は墓地として使われていたようだ。

丘一面に墓が並んでいる写真も残されていた。

その画像を見た瞬間は背筋がゾクリと寒くなった。

でも、渉が言っていたとおり墓地があった場所なんて他にもたくさんある。

その上に家が建ったり、学校が建ったりしているのだ。
こんなの珍しいことじゃない。
だとしたら、あの丘には他にも何かがあるはずなんだ。
そう思い、あたしはパソコンにかじりつくようにして調べた。
しかし墓地だったということ以外に、なんの情報も出てこなかったのだった。

丘について調べ終えたあたしは、自分の部屋へと戻っていた。
机の前に立ち深呼吸をして気持ちを落ちつかせる。
今度はあの写真を確認してみるのだ。
「行くよ」
あたじは自分に向けて言い、勢いよく引き出しを開けた。
そこには写真がちゃんと入れられている。
歪んだ准一の顔があり、あたしは吐き気が込み上げてくるのを感じた。
それをグッと押し込めて右上のモヤを確認する。
同時に目を見開いた。
昼間愛子に見せてもらった時よりもそのモヤは大きくなっているのだ。
「嘘でしょ……」

そう呟いて写真を手に取る。
モヤをジッと見つめていると、その中に人の顔らしきものが浮かんで見えた。
「キャア！」
悲鳴を上げ、写真を手から離してしまった。
空中に投げ出された写真はヒラヒラと舞いながら床に落ちた。
モヤの中の人の顔は、ジッとあたしを見つめていたのだった……。

それは夜中の一時ごろだった。
なかなか寝つけずにいた時、突然家の電話が鳴り始めた。
あたしはその音にハッと息をのんでベッドから転がり落ちた。
ドタドタと足音を立てながら一階へと向かう。
電話はすでに取られていて、お父さんが深刻な表情で何か話をしている。
「はい。わかりました」
お父さんはものの数分で会話を終わらせて電話を切った。
そして、あたしを見る。
『誰からの電話？』
そう質問したいのに、声が喉に張りついて出てこない。

「准一くんが息を引き取った」

お父さんの声が静かな部屋に響いた。

「う……そでしょ……？」

あたしは呆然として聞き返した。

「葬儀は日程が決まったら、また連絡をくれるそうだ」

「冗談でしょ？」

「梢、今日はもう遅いから明日ゆっくり話そう」

お父さんが、あたしの感情を落ちつかせるためにゆっくり話してくれている。

だけど、そんなの意味なんてなかった。

准一が死んだ。

和夫の次に准一が死んだ。

その事実があたしに何度もあの写真を思い出させた。

もう偶然なんかじゃすまされない。

やっぱりあの写真は人の死を予言してるんだ‼

あたしは叫び出したい感情を押し込めて、自室へと駆け戻ったのだった。

それから朝まで眠ることなんてできなかった。

他の友人たちのところにももう連絡がいっていたようで、朝まで連絡を取り合っていた。

どうしてこんなことになったんだろう。

恐怖、不安、絶望。

そして、もしかしたら次は自分かもしれないという、予感……。

それらを一人で抱えていることなんて、到底できなかったのだった。


数日後……。

准一の家はとても大きな家だった。

昔ながらの長屋で、敷地内には離れまである。

今日の夕方は通夜だから人はまだ少なく、親戚《しんせき》ばかりが集まってきている。

それでもあたしたちは准一を一目見たくて、ここまで来ていた。

だけどあたしは准一の顔を見ることに少しだけ抵抗を感じていた。

もし、あの写真みたいに苦痛に歪んでいたら?

そう思うと、足がすくんで動かなくなる。

あんなに苦しい顔をして死ぬなんて、とても報われない思いだった。

「梢」

庭先で立ち尽くしてしまったあたしに、渉が手を差し出してくれた。

「あ、ありがとう」

あたしは言い、おずおずとその手を握る。

うれしいはずなのに、あたしの心は少しも動くことはなかった。

それから仏間に通されたあたしたちは、准一の死に顔と対面することになった。

あたしの想像に反して、布団に寝かされている准一はとても安らかな寝顔だった。

両親に話を聞いても准一はそのままスッと息を引き取ったのだと言う。

その話を聞いているうちに、涙が浮かんできていた。

准一は死んだ。

本当に死んでしまった。

次から次へと溢《あふ》れてくる涙は止まらなくて、あたしは渉に支えられるようにして家を出た。

みんなも泣いていた。

こんな短期間で仲間が二人もいなくなってしまった。

その事実が重たくのしかかる。

どうして――。

『どうして⁉』

不意にそんな声が聞こえてきてあたしは立ち止まった。
涙で滲んだ視界の中、あたりを見回す。
しかし、まわりには親族の人たちがいるだけで、誰もが口をつぐんでいた。
『どうして俺が‼』
また聞こえてきてハッと息をのんだ。
これは准一の声だ。
間違いない。
「お、おい、今聞こえたか？」
渉が慌てたように言う。
「渉にも聞こえたの？」
あたしが聞くと、「あたしにも聞こえた」と、愛子。
どうやら、あたしたちにだけ聞こえているみたいだ。
こんなことってありえるだろうか？
准一は、あたしたちに何かを伝えたがっているのだろうか。
あたしはゴクリと唾を飲み込み、自分の手を握りしめた。
『苦しい……痛い……誰か、助けてくれ‼』
苦痛に呻《うめ》く准一の声。

こちらまで苦しくなるようなその声がした瞬間。

目の前に准一の姿が見えていた。

准一はたくさんの管に繋がれたベッドの上で、苦痛に顔を歪めていた。

『誰か！ 助けて‼』

叫び声を上げ、喉をかきむしり、もがき苦しんでいる。

目は血走り、口から唾を吐き出しながら人間とは思えない奇声を上げる准一。

その姿に、あたしは後ずさりをしていた。

嘘でしょ？

准一の両親は、准一は眠るように息を引き取ったと言っていた。

だけど本当は……准一は苦しんでいたの？

目覚めることのない意識の中で、一人で必死に助けを求めていたの？

まるで、あの写真の准一みたいに……。

やがて、幻覚の中の准一は動きを止めた。

誰かに助けを求めるために手を伸ばしたまま、突然動かなくなったのだ。

写真と同じように苦痛に顔を歪めたままの准一が、ベッドの上でグラリと揺れた。

准一の体はそのままベッドから転げ落ち、あたりの器具が大きな音を立てて倒れていく。

それっきり、准一はピクリとも動かなかったのだった。

ハッと我に返ったあたしたちは准一の家を振り返った。

涙はいつの間にか止まっていて、今見た幻覚に心臓が壊れてしまったかのように早くなっている。

准一はあたしたちに何かを伝えたがっている。

あたしはそう感じたのだった。

違和感

それからあたしたちは学校へ向かった。

授業なんて受けられる精神状態ではなかったけれど、昨日も休んでいるし、心配もかけている。

とりあえず先生たちに顔を見せておきたかった。

「あれ、お前ら！」

学校の近くまで来た時、そんな声が聞こえてきてあたしたちは立ち止まった。

声がしたほうを見るとそこには彰の姿があった。

「彰！　お前、退院したのか？」

渉が片手を上げて言った。

「おぉ。昨日の夕方には無事にな」

そう言い、渉と同じように片手を上げて挨拶《あいさつ》し、あたしたちの輪の中へ入ってきた。

「そっか。よかったな」

渉もうれしそうだ。

「お前ら今から登校か？」

彰があたしたちを見回して聞いてきた。

彰はまだ何も知らないようだ。

話すべきかどうか悩んだあたしは、曖昧《あいまい》な笑顔を浮かべた。

「お前こそ、遅い登校だな」

渉が話をそらせて言った。

「あぁ。今日は寝坊しちまったんだ」

なんてことないように言ってのける彰。

その態度にあたしたちからは笑顔が漏れた。

と、同時に何か言い知れぬ違和感が浮かんでくる。

和夫がいなくなり、准一がいなくなり、その穴を埋めるように彰がいる。

それは悪いことではないはずなのに、罪悪感に似た感情が湧き上がってくる。

「彰のおかげで少し気分が軽くなったよ」

渉のそんな言葉を聞きながら、あたしは違和感の正体を掴みきれずにいたのだった。

それからあたしたちはクラスメートに散々心配されていたことを知った。

准一の死は朝のホームルームで伝えられていたようで、彰以外の全員が知っていたのだ。

とくに、和夫と准一のいたC組ではあちこちからすすり泣きの声が聞こえてきて、登校した理子は腫《は》れもののように扱われていたようだ。

こんな短期間でC組の生徒が二人も亡くなり、教室内は異様な雰囲気になっていた。

そんな話を理子たちから聞いたのは放課後になってからのことだった。

「C組は授業どころじゃなかったよ」

理子は疲れたようにため息を吐き出して言った。

「そっか……」

あたしはかける言葉を見つけることができず、相槌《あいづち》を打って理子の背中をさするだけだった。

愛子も心配そうな表情を浮かべている。

「これからどうする？」

そう言ったのは渉だった。

渉も疲れた顔をしているが、理子よりはしっかりとしている様子だ。

「准一の家に行く？」

理子が言った。

准一の葬儀は明日だ。

だけど、今朝見た幻覚も気になっていた。

全員が同じタイミングで見た幻覚。

あれは准一からのメッセージのような気がしていた。

「そうだな。邪魔になるようなら帰ればいいし、いったん行ってみようか」

渉が理子の意見に賛成し、あたしたちは歩き出したのだった。

泊まり

准一の家に向かう途中、彰が後ろから声をかけてきた。

あたしたちがゾロゾロとどこかへ向かう姿が見えたから、ついてきたのだと言う。

これから准一の家に向かうことを伝えると、彰は戸惑った表情を浮かべ「そっか」とだけ言って、自分の家へと戻っていった。

さすがに、准一の家までついてくるのは申し訳ないと感じたようだ。

「彰と准一はあまり接点がなかったからな」

歩きながら渉が言った。

たしかに、普段から二人が会話している様子なんて見たことがなかった。

同じC組で小学校から同じところに通っていても、やはり差は出てくる。

それはどうしようもないことなのだけれど、あたしは彰一人をのけ者にしてしまっているような気がして、胸の奥がムズムズしたのだった。


それから数分後。

准一の家に到着したあたしたちは、お茶をごちそうになっていた。

邪魔にならないようにすぐに帰るつもりでいたけれど、准一のお母さんから、普段の准一は学校ではどんな様子だったのかと質問されたので、ダラダラと居座ることになってしまった。

高校に入学してからは間もないけれど、あたしたちは赤ちゃんのころから一緒にいたんだ。

学校生活での思い出話は止まることがなかった。

どんな些細《ささい》な思い出でも、准一のお母さんは喜んで聞いてくれた。

その様子を見ていると、あたしたちも帰るに帰れなくなっていた。

気がつけば外は暗くなっていて、それぞれのスマホに家からの連絡が入っていた。

「そろそろ帰らないとまずいな」

渉が呟く。

すると、准一のお母さんが眉を下げて残念そうにあたしたちを見た。

まだ、准一の話を聞いていたそうだ。

でも、これ以上長居しては怒られてしまう。

どうしようかと考えていると、不意に准一のお母さんが目を輝かせた。

「そうだ。あなたたちさえよければ今日はうちに泊まっていかない?」

突然の申し出に、あたしは飲んでいたお茶を噴き出してしまいそうになった。

「そ、そんなことできませんよ」

あたしは慌てて言った。

いくら家が広いといっても、今日はたくさんの親戚たちが集まってきているのだ。

そこに四人も泊まるなんて、申し訳なくてできない。

「うちなら大丈夫なのよ？　離れがあるから十分に寝起きする場所はあるし、外にトイレもあるし。お風呂《ふろ》は一つしかないから順番で入ってもらわないといけないけれど、ご飯も人数分以上に準備していたから、ちょうどいいの」

准一のお母さんは早口に言った。

どうやら、本当にあたしたちに泊まっていってほしがっているようだ。

あたしは隣の渉を見た。

渉は困ったような表情をこちらへ向けている。

「ちょっと、親に連絡してみますね」

そう言ったのは愛子だった。

そうだ。

自分たちの親に許可を貰《もら》わないと、さすがに泊まることはできない。

あたしはスマホを取り出してメール画面を表示させた。

メールを作成している間にも、准一のお母さんは「もっと准一のことが聞きたいの」と、目に涙を浮かべていたのだった。

結局、あたしたちは准一のお母さんに押しきられる形になって、全員で泊まることになっていた。

あたしたちの親は迷惑がかかるからやめなさいと言っていたのだが、准一のお母さんがそれぞれの家に電話をかけて説得したのだ。

「なんか、異様だよね」

みんなで離れに移動してきた時、理子が顔をしかめて言った。

「何が？」

愛子が布団を用意しながら聞く。

「准一のお母さんだよ。何がなんでもあたしたちをここに泊まらせようって感じだった」

「たしかに。ちょっとしつこかったよね」

布団の準備を手伝いながらあたしは言った。

「でも、それが准一への愛情なんじゃないの？　明日になれば、准一は完全にいなくなっちゃうんだから」

愛子はとくに気にしていない様子だ。

涉は出された部屋着を手に取って、しげしげと眺めている。

驚いたことに男子には准一のお父さんの服が、女子たちには准一のお母さんの服が用意されていた。

「でもさぁ、こんなのまで出されてさぁ」

と、理子は准一のお母さんの服をつまみ上げる。

まるで汚いものを扱うようなその仕草に、あたしは「やめなよ」と制した。

「通夜ってそんなもんだろ。亡くなった人のまわりに集まって、亡くなった人の思い出話をする。俺のじいちゃんの時も似たようなもんだった」

その言葉に、あたしは驚いて涉を見た。

「涉のおじいちゃんって亡くなってたの？」

小学生のころ、涉の家に遊びに行くと、畳のリビングにはいつもおじいちゃんがいた。

冬はコタツに入って、夏は扇風機の前で、シワシワになった手でタバコをふかしていたのを今でもよく覚えている。

「あぁ。中学に上がってすぐだったかな」

「嘘……知らなかった」

あの気さくに声をかけてくれるおじいちゃんがもういないなんて、胸の奥がギュッと苦しくなった。

「梢はとくに俺のじいちゃんのことを気に入ってたからな。なかなか言い出せなくて、そのまま忘れてた」

渉はそう言い、申し訳なさそうに頭をかいた。

「そうだったんだ……」

おじいちゃんのお葬式くらい、出たかったな。

心の中で思う。

だけど、今さらそんなことを言っても遅い。

亡くなった人は戻らない。

時間だって、戻らないんだ。

不意に和夫と准一の顔を思い出し、胸が潰れそうな気持ちになる。

自分の服をギュッと掴んだ時、愛子が口を開いた。

「あのさ、准一のことを調べないの？」

「え？」

あたしはキョトンとして愛子を見る。

「ほら、あの幻覚のこと」

「あ……」

ここへ来て准一の思い出話をしている間に、すっかり忘れてしまっていた。

「でも、調べるっていったいどこを……?」

布団を敷き終えた理子が聞いてくる。

「准一の家にいるんだから、准一の部屋が一番早いだろ」

渉が答える。

「うん、あたしもそう思う」

あたしは頷いた。

だけど、何をどう探せばいいかなんてわからない。

ただ、あの幻覚を見る原因になったものが何か、少しでも手がかりになるものを見つけたいと思ったのだった。

あたしたちが准一の部屋を見てみたいと伝えると、准一のお母さんは快く承諾してくれた。

准一の部屋は二階の手前にあり、十二畳ほどある広い場所だった。

そこにベッドと机とテーブルと本棚が置かれている。

そのまわりには本棚に入りきらなかった雑誌が散らばっていた。

「准一ってもっと几帳面なイメージだったなぁ」

部屋の中を見た理子が呟いた。

「そうだな。俺たちの知ってる准一なんて、ほんの一面だったんだろうな」

渉が部屋の中を見回して言った。

出会い系をするようには見えなかった准一。

部屋も、もっと整理整頓されていると思っていた。

だけどそれは、あたしたちから見た准一の姿だったんだ。

誰にだっていろいろな顔がある。

わかっていたはずなのに、少しだけ胸のあたりが痛んだ。

友達に見せている顔ってどのくらいなんだろう?

あたし自身意識してこなかった疑問が浮かんでくる。

「さ、ちゃっちゃと調べようぜ。准一に申し訳ないからな」

渉の言葉を合図にして、あたしたちは准一の部屋を調べ始めたのだった。

あたしはまずテーブルの上を調べ始めた。

テーブルの上には読みかけの本が積んである。

ファンタジー小説のシリーズものだ。

分厚い本は乱雑に積んであるように見えるけど、下から順番に積まれているのがわかった。

准一の几帳面さは、こういうところで出ていたようだ。

本の間に何か挟まっているかもしれないと思い、ひとつひとつ丁寧に確認していく。

しかし、何も見つかることはなかった。

シオリは最新刊の真ん中あたりで止まっていて、それが准一の生きていた時間の最期を知らせているように見えた。

「写真だ」

机を調べていた渉が言ったのであたしは振り向いた。

引き出しの一番下を開け、中を確認している。

その手には分厚いアルバムが持たれていた。

表紙は革でできていて、ずいぶんと年数がたっているのがわかった。

「すごいぞ。准一の生まれた時からの写真だ」

その言葉に興味を持ち、渉に近づいた。

アルバムの最初には生まれたばかりの准一の写真が挟まれていた。

とても小さくてシワシワの顔。

髪の毛もちょろっとしか生えていなくてサルみたいだ。

「プッ！　かわいい！」

こんな時に笑うなんて不謹慎だと思いながらも、みんなから笑顔が浮かんだ。

「ほんと、かわいいね」

あたしは愛子の言葉に頷く。

さらに見ていくと写真の中の准一はどんどん成長していき、時々あたしたちと一緒に写っている写真が入るようになってきた。

そしてついこの前、入学式の写真が視界に入った。

瞬間、心臓がドクンッと大きく跳ねた。

「このモヤ……」

理子が呟く。

「形がハッキリしてきてるな」

渉が理子に続いて言った。

写真の中のモヤがパッと見でわかるくらい人の顔に近づいているのだ。

全体的な輪郭はないが、モヤの中に目と口が浮かんでいる。

誰も、何も言わなかった。

渉でさえ青い顔をしたまま動けなくなっていた。

渉はアルバムを閉じることもできないまま、写真をジッと見つめている。

あたしはモヤから視線をそらすことができずにいた。

この目。

この口。

見れば見るほど、どこかで見たことがあるような顔なのだ。

だけど、どこで見たのか思い出せない。

どんな顔だったのかも思い出せない。

まるで記憶にモヤがかかっているようだ。

どうしても思い出したくてモヤを見つめる目に力を込めた。

その時だった。

急激なメマイを感じて、あたしは目を閉じた。

座っているのに体がふらつき、そのまま横倒しに倒れてしまった。

「梢⁉」

あたしが倒れたことで呪縛が解かれたかのように、みんなの時間が動き出す。

「梢、大丈夫か⁉」

渉の声がどこか遠くで聞こえてきて自分が倒れたことを理解したけど、すぐにあたしの視界は真っ暗になったのだった。

自殺者

ふと目を覚ますと窓から光が差し込んでいた。
ここはどこだろう?
そう思って上半身を起こすと軽いメマイを覚えた。
そして思い出す。
あたしは昨日、写真を見ていて倒れてしまったのだ。
あたりを見回すと、ここが准一の家の離れだとわかった。
右隣には愛子。
その向こうに理子。
二人の規則正しい寝息が聞こえてくる。
あたしは気を失って、そのままここに運ばれたんだろうか?
申し訳なさが込み上げてきた時、愛子が寝返りを打って目を覚ました。
「あ、梢!?」
起きているあたしを見て愛子が驚いたように声を上げた。

それを合図に、理子も目を覚ます。

「ごめんね、みんな。昨日は迷惑かけちゃって」

「なに言ってんの。ここまで運んでくれたのは渉だから気にしないで」

愛子が言い、あたしの肩をポンポンと叩いた。

渉が……。

そう思うとカッと顔が熱くなった。

おんぶされたのか抱っこされたのかわからないけれど、かなり密着したに違いない。

きっと重たかったはずだ。

「渉、梢のこと軽いって言ってたから大丈夫だよ」

あたしの心を読んだかのように言ってきたのは理子だった。

理子は寝癖がついた髪の毛でクスクス笑っている。

「もう、やめてよ。それより、あのあと何か見つかった?」

あたしはすぐに話題を変えたくて二人に聞いた。

「ううん。何も見つからなかった」

愛子が眉を下げて言った。

「そうなんだ……」

「でも、ちょっと考えたんだよね」

理子が言う。

「あの幻覚を准一が見せたとして、それが何かのメッセージだとしても。やっぱり行きつく先はあの写真だと思う」

理子が真剣な表情になって言った。

あたしは昨日見た写真を思い出す。

また少し変化していたモヤ。

あれを見てめまいを起こしてしまったけれど、そのモヤを見ていても嫌な感じはしなかった。

すごく不思議だけれど、あのモヤ自体が原因ではないような気がしている。

「やっぱり、写真を撮ったあの場所に行ってみるしかないのかな」

あたしは呟いたのだった。

准一の葬儀は滞りなく終わった。

これで二人の友人を失っただなんて、やっぱり実感は湧いてこなかった。

きっと、これからなんだろう。

時間は時に現実を突きつける材料となり、あたしたちの心を傷つける。

時間が傷を癒すのは、そのあとの話なんだ。

あたしたちはクラクションを鳴らして走っていく霊柩車を見送った。

あたしたちが参加できるのはここまでだ。

「行くか」

渉の言葉に、あたしたちはゆっくりと歩き始めたのだった。


行先はもう決まっていた。

あの丘へ向かうのだ。

メンバーの中には彰も入っていた。

葬儀に参加した彰は、そのままあたしたちと一緒に行動することになった。

葬儀後、彰から食事に誘われたので『記念撮影した場所に行く』と断ったら、なぜか彰は『俺も行く』と言い出したのだ。

「お前ら、ほんと仲いいよなぁ」

歩きながら彰が呟くように言った。

「そう？」

あたしは一番後ろを歩く彰に歩調を合わせ、振り向いた。

彰は両腕を頭の後ろで組んでダラダラと歩いている。

「なんで俺はお前らのグループに入らなかったんだろうな」

「知らないよ、そんなの」

あたしは返事をしながらクスッと笑った。

彰は少し拗《す》ねているようだ。

「今からでも遅くないじゃん」

そう言ったのは愛子だった。

愛子は先頭を行く渉の後ろを歩いている。

「マジで？　仲間に入れてくれる？」

「そんなこと聞かなくても、お前は仲間だろ？」

渉が振り向いて返事をした。

二人は同じくらいの身長だから、並んで歩けばちょうどバランスが取れそうだ。

この光景も、悪くはないかもしれない。

だからといって、亡くなった二人のことを忘れることなんてできないけれど……。

「ってかさ、お前らどこで写真撮ったんだよ？」

「あの丘の上だよ」

見えてきた丘を指さして渉が言った。

その瞬間、彰の顔が固まった。

「へ？　嘘だろ？」

足を止め、あたしたちを見回して聞いてくる。

「本当だよ？」

理子が不思議そうな表情で彰を見て返事をした。

彰はヒクッと口元を引きつらせる。

「あの丘って、昔墓地だったろ」

「それなら知ってる。だけど、墓地なんていくらでもあるし……」

あたしの言葉を遮るように、彰は左右に首を振った。

「あそこはマジでやばいんだよ！　立ち入り禁止の看板だってあっただろ⁉」

いつになく真剣な顔をして言う彰に、あたしたちも立ち止まった。

古びた立ち入り禁止の看板を思い出す。

「だって、あんなのただの看板じゃん」

愛子がそう言いながらも、顔色が悪くなっている。

彰のこの様子は何か知っているとしか思えない。

「お前らなぁ……」

彰は青ざめたまま、呆れたようにため息を吐き出した。

「何？　彰は何か知ってるの？」

あたしが聞くと、彰は言いにくそうに口元をモゴモゴと動かした。

さっき『墓地だった』と言っているから、きっとそれ以外に何かあるのだ。

「あそこは自殺にもよく使われているらしい」

しばらく悩んだ末、彰は言ったのだ。

「自殺……？」

あたしは顔をしかめて聞いた。

「あぁ。あまり知られてないけれど、俺の聞いた限りじゃもう十人前後の人間があの丘の上で死んでる」

「冗談でしょ⁉」

愛子が叫ぶように言った。

「こんな時に冗談なんて言うわけないだろ」

彰はすぐに言い返した。

「でも、自殺者の話なんて聞いたことがないぞ」

そう言ったのは渉だった。

たしかに、あの丘で自殺した人の話なんて聞いたことがなかった。

十人前後の人が同じ場所で死んでいれば、あたしたちの耳に入ってきてもいいはずだった。

「それは……」

彰はそこまで言い、また言い淀《よど》んだ。

さらに言いにくい話があるようだ。

それでも聞くしかない。

あたしたちは黙って彰の次の言葉を待った。

「あそこで亡くなった死体はいつも誰かにいじられていたって話だ。内臓がごっそりくりぬかれていたり、目玉だけがなくなっていたり。毎回そんな死体が見つかっているから、大人たちもあまりあの丘での自殺の話をしなくなったんだ」

彰の話を半分ほど聞いたあたりから、背筋がゾクリと寒くなっていた。

「なんだよそれ。誰かがイタズラしてるってことか？」

渉が聞く。

「詳しくはまだ何もわからないらしい」

彰は答え、左右に首を振った。

「……そんな場所で記念撮影しちゃったんだ……」

理子が聞き取れないほどの小さな声で言った。

気分が悪いのか、手を口元に当てている。

彰の話が本当なら、あの丘には人間以外の者が住みついていてもおかしくない。

強い怨念が、はびこっていてもおかしくない。

あたしたちは無言のまま歩き出した。

これからどうすればいいか見当もつかないけど、当初の予定どおり丘まで行ってみることになったのだ。

けれど、今度は絶対に『立ち入り禁止』は越えない。

丘の上は相変わらず何もなく、もっと先へ進めばいつもの街並みを見おろせた。

あたしたちはロープの前で立ち止まり、緑色の丘を見渡した。

なんでもない丘。

あちこちに野生の花が咲いていて、緑は太陽を受けてキラキラと輝いている。

子供が遊んでいたり、家族でピクニックをしていても不思議じゃない丘がそこにあるだけだった。

「お供え物とか、持ってきたほうがいいのかな」

丘を眺めていた理子が言った。

「そうだな。ここでたくさんの人が亡くなったなら、それなりに供養したほうがいいのかもしれないな」

腕組みをして丘を見つめていた渉が答えた。

「あたしたち、土足で丘に踏み込んじゃったんだもんね」

あたしは言った。

ここで亡くなっていった人たちの気持ちなんて、何も考えていない行為だったのだ。

今さらながら、後悔が湧き上がってくる。

あたしたちは丘へ向けて一度手を合わせると、すぐに街へと移動を始めた。

善は急げだ。

近くのスーパーで花を買い、お供え用のお団子も買った。

これだけのことで事態が収束するとは思えなかったけれど、とにかく何かをしていたかった。

それで自分の気が紛れたのだ。

お供えと花を買ったあたしたちは、また丘を目指し始めた。

太陽はオレンジ色に傾き出している。

「なぁ。お前ら、自分の写真見てるか？」

ガサガサと買い物袋を片手に持って歩きながら、渉が言ってきた。

「写真？」

愛子が聞き返す。

「あぁ。あの時の集合写真」

その質問に返事をする仲間はいなかった。

それは肯定の意味にもとれた。

「あの写真に出てきたモヤ。やっぱり人の顔に見えないか?」

渉の質問にあたしは小さく息をのんだ。

みんなきっと気がついていたことだっただろう。

だけどこうして質問されると、どうしても緊張してしまう。

あのモヤの正体が、丘の上で自殺をした誰かかもしれないのだ。

そしてその人物が、和夫と准一を殺した……。

「彰の話と照らし合わせて考えてみるとさ、そのモヤの人物を特定することができるんじゃないかと思うんだ」

「人物を特定?」

あたしは渉に聞き返した。

「あぁ。あのモヤが丘で自殺をした人物なら、死んだ人間のことを調べていけば見つかるはずだろ?」

たしかにそのとおりだろう。

「でも、それを見つけてどうするの?」

理子が青い顔をして渉に聞いた。

「直接その人の家とかお墓に行って、供養する」

あたしは渉が持ってくれている花とお供えを見た。

丘に置いておくよりも、個人を特定したほうが気持ちは通じるだろう。

「行ってみようか」

渉の提案に賛成して言ったのは愛子だった。

第三章

探す

いったん丘へ戻ってお供え物をしてきたあたしたちは、地元の図書館に来ていた。

図書館の中はとても静かで足音にさえ気を配る。

そんな中に五人の学生が入ってきたことで、カウンターにいる職員さんに怪訝な表情をされてしまった。

その視線から逃げるように、あたしたちはカウンターの奥側にある地元コーナーを目指した。

そこには地元の出来事や地元の有名人などが載っている雑誌や本や新聞が並べられている。

「彰、自殺者が出たのがいつごろかわかる?」

新聞を一部手に取って聞いた。

聞いたのは俺が中学校一年くらいの時だったかな?」

ら自分の記憶を引っ張り出す。

年生ということは、三年ほど前のことだ。

あたしは過去の新聞が保管されている棚へと移動した。

一年分の新聞でもずいぶんと量があり、それを見るだけでため息が漏れた。

だけど、ここで立ち止まっている暇はない。

あたしは地元で有名な新聞を選び、それを一年分棚から取り出した。

「愛子、手伝って」

「うん」

愛子は新聞を半分受け取ると広いテーブルに広げた。

あたしも愛子と向かい合うようにして記事を調べる。

「自殺ってさ、おくやみ欄に載るの？」

「さぁ？　たぶん、載るんじゃないかな？　でも、彰が言っていたように奇妙な死に方だったとしたらもっと別の欄に載ってるかもしれないし……」

遺族から載せないでほしいと言われているかもしれない。

最後の考えは口には出さなかった。

これだけの量を調べる前に、可能性を消してしまいたくはなかったから。

それからあたしたちは、日が暮れるまで図書館で調べものを続けたのだった。

「あったぞ！」

そう言ったのは、パソコンで当時の記事を調べていた渉だった。
ハッと顔を上げ、渉のまわりへ駆け寄る。
画面には三年前あの丘で起こった自殺についてのことが書かれていた。
「これ、ちゃんとした記事じゃないじゃん」
そう言ったのは愛子だった。
「本当だ。地元のスレッドだね」
噂《うわさ》話や店の紹介などで使われている掲示板なのだ。
少し信憑性《しんぴょうせい》に欠けるかもしれない。
「だけどさ、彰が言ってたのとまったく同じことが書かれてるんだぜ？」
そう言われてあたしは身を乗り出して小さな文字を読み始めた。
《再び闇丘《やみおか》での自殺者か！》
そんなタイトルがつけられている。
《トミー：また闇丘で自殺？》
《名無しさん：本当だね。これで何人目？》
《トミー：五人目。で、今度の死体はどうだったの？》
《主：目玉がくりぬかれてたらしいよ》
《名無しさん：前回は内臓がなかったんだっけ？　自殺者の体で遊んでるのか？》

《トミー：解剖オタクの仕業 笑》
《主：いや、おそらくは臓器売買だろう。大金持ちに高値で売りつけるんだ》
《名無しさん：健康かどうかもわからない臓器を買うのか？》
《主：もちろん、自分が使うとは限らない。世の中にはいろいろな奴がいるからさ》
《トミー：食人鬼とかな。人間を食べるために臓器をくりぬいて持っていってるのかもしれない》
《名無しさん：うぇぇ。吐き気がしてきた》
闇丘。
それがあの丘の名称だと、あたしは初めて知った。
「どうして闇丘なんだろう」
見晴らしはいいし、太陽の光も届いている。
そんな丘の名称としては不自然だった。
「あの丘、昔は木で囲まれてて年中日陰だったんだ。ジメジメして誰も近寄らない闇の中にあるような丘。それで闇丘」
彰が答えた。
「そうだったんだ？」
「あぁ。丘のまわりにあった木がきれいに伐採されたのは、ほんの二か月前ほどだ。

お前らがあそこで写真を撮る少し前か」

彰が顎に手を当てながら言う。

「もしかして、闇丘をきれいに蘇らせようとして木を切ったのかな?」

理子がハッとしたように言った。

「そうだね。木を切って、みんなで使えるようにする前に、あたしたちがあそこに踏み入れたのかも……」

愛子は自分の言葉に身震いをした。

あたしはそんな愛子の手を強く握りしめる。

あたしも愛子の手を握っていないと、発狂しそうだった。

「闇丘での自殺は大人たちは知っていることだからな。ちゃんと供養をしてから使えるようにする予定だったのかもしれない」

彰が言った。

「やっぱり、これは呪《のろ》いだよ。あの写真のモヤの人物が引き起こしている呪い」

理子が大きく息をして言った。

あたしは新聞へ視線を向けた。

新聞には闇丘で亡くなった人の記事は載っていなかった。

自殺だからか、臓器の一部がなくなっていたからかわからないけど、みんな明るみにしたがらないでいるようだった。

「でも、これだけ調べてもモヤの正体まではわからなかったんだ」

渉は肩を落として言ったのだった。

感じた

闇丘の過去について知ることはできたけれど、肝心のモヤの存在はわからないままだった。

それでも事態は少し進展したように見えて、あたしの心は軽かった。

あの丘で自殺した人の呪い。

今のところその考えが一番有力そうだ。

「たしかに、あの丘へ行くと寒気がするんだよな」

帰りながら渉が不意にそんなことを言い出した。

「え？」

渉の隣を歩いていたあたしは驚いて目を丸くした。

「それだけじゃない。写真を撮った時に何かがいた感じがした」

「本当に？」

前を歩いていた愛子が振り向いて聞いてきた。

渉は頷く。

あたしはジッと渉を見つめていた。

嘘を言っているようには見えないし、こんな時にこんな冗談を言うとも思えない。

「あたしは何も感じなかったけど、みんなは？」

そう聞いたのは理子だった。

「あたしも、とくに何も」

愛子も、あの丘に行った時に何も感じていないようだ。

あたしは、すぐには返事ができなかった。

すると渉は決心したように面々を見回して、そして大きく息を吸い込んだ。

「じつは俺、霊感があるみたいなんだ」

渉の言葉に誰もが返事をしなかった。

突然のカミングアウトに、みんな唖然《あぜん》とした表情を浮かべている。

「だけどそれは強いものじゃなくて、本当に何か感じるっていう程度のものなんだ。だからあの丘へ行った時も、みんなを止めようとしなかった。変な感じはしたけれど、大丈夫だと思ってしまったんだ」

渉はそう言うと、申し訳なさそうに頭を下げた。

「ちょっと、やめてよ渉。謝らないでよ」

あたしは慌てて渉を止めた。そんなの、渉が謝ることじゃない。

霊感があるなんて話には驚いたけれど、だからって渉が悪いことにはならない。

だって、それを言うならあたしだって……。

渉と同じで霊感がある。

とても弱い力だけれど、なんだか嫌な予感とか、寒気を感じることはあった。

すると必ずその場所では昔悲惨な死に方をした人がいて、その魂がとどまっていたりするのだ。

だけど、あの丘ではそこまで嫌な感覚はしなかった。

だからあたしも、みんなが丘で写真を撮ることに反対しなかったんだ。

それなのに、あの写真には妙なことが起こっていて、ずっと疑問だった。

こんなに強い霊魂があったのに、どうして気がつかなかったのかと……。

それは今日の彰の話で説明がついた。

闇丘で自殺をした人は、完全に死んだあとで体をいじられているのだ。

死んだあとに受けた苦しみは、本人に直接痛みを与えるものではないはずだった。

肉体と魂が切り離されたあとだから、解体されていく自分の体をぼんやりと見ているのと同じ状態だったのだろう。

そのため、魂の怒りは弱くあたしや渉は気がつかなかったのだ。

「渉、あたしもちょっと気になってることがあるの」

あたしは、おずおずと話を切り出した。

渉が長年隠していたことを話してくれたんだ。

今度は、あたしもちゃんと話さなきゃいけない。

みんなも聞いている中、あたしは少し緊張しながら話し始めた。

「あの写真。写真自体はなんだか嫌な雰囲気が漂っているけれど、モヤを見ていても嫌な気分にならないのはどうしてだと思う？」

写真に現れているモヤがあたしたちを脅かしている存在だとすれば、モヤを見たら寒気などを感じられるはずだった。

だけど、あのモヤにはそれがないのだ。

「わからない。なんだろうなあのモヤ。見ていたら、懐かしい気分になってくるんだ」

渉はあの写真を思い出すように目を細めて言った。

懐かしい気分、か……。

写真自体に嫌な感じを受けるからずっと見ているわけにはいかないけれど、たしかにそうかもしれない。

「あのモヤの正体は、人に危害を加えるような霊魂じゃない気がする」

「あぁ。だけど実際に和夫と准一は……」

そこまで言って、渉は口を閉じた。
そうなのだ。
実際に、偶然とはいえない形で被害が出ている。
あたしと渉はみんなについて歩きながら考えた。
二人にしかわからない、共通の予感を覚えながら……。

お守り

今まで隠していたことをみんなに伝えたあたしと渉は清々しい気分だった。

あたしは直接霊感があると伝えたわけじゃないけれど、あの話で十分伝わっている様子だった。

「梢」

分かれ道に差しかかったところで渉に呼び止められて立ち止まった。

他のメンバーはそれぞれの帰路についていた。

「何？」

「これ、やるよ」

そう言って渉が胸ポケットから取り出したのは、【厄除け】と書かれた赤いお守りだった。

「これって……」

「お守り。霊感がある人間が持っていれば、悪い霊から守ってくれるらしい」

「こんな大切なもの、受け取れないよ！」

「大丈夫だって。俺はもう一個持ってるから」

渉はそう言うと、あたしの手のひらにお守りを置いた。

赤い生地に金色の刺繍《ししゅう》が輝いている。

「あり……がとう」

言いながら、自分の頬が赤く染まっていくのを感じていた。

渉と同じ力を持っているとわかり、お守りまで貰えて、心はフワフワと浮かんでいるようだった。

「じゃあ、気をつけて帰れよ」

「うん。渉もね！」

あたしたちは手を振り、それぞれの道を歩き始めたのだった。


家に帰って晩ご飯を食べて、お風呂に入る。

リビングでテレビを見ていると眠くなってきて、ソファの上でウトウトと船をこいでいた。

「梢、自分の部屋で寝なさい」

怒ったようなお母さんの声で目が覚め、あたしは欠伸をしながら自室へと移動した。

もうこのままベッドに入って朝まで眠ってしまおう。

そう思ったところで、机の上に置きっぱなしだったスマホが光っていることに気がついた。

家に戻ってから一度も確認していなかった。

眠い目をこすりながらスマホを確認してみると、理子から何通かのメッセージが入れられていた。

理子が短い時間にたくさんのメッセージを入れてくることなんて滅多にない。

「なんだろう……」

あたしは首をかしげながら一番古いメッセージから順番に目を通していった。

《理子：霊感があるって本当？》

最初はそんな短い文章だった。

今日のことを驚かせてしまっていたようだ。

返信はせず、続けてメッセージを読み進めた。

《理子：どうして返事をくれないの？　霊感なんて、嘘なんでしょ？》

《理子：そもそも幽霊なんていない。自殺したら人間はそれで終わりじゃん。

幽霊とか霊感とか、なんで人を怖がらせるようなことを言うの？

梢も渉も、共謀してあたしたちを怖がらせて楽しんでたんでしょ⁉》

三つ目のメッセージを最後に理子からのメッセージは途絶えていた。

あたしは眠気も忘れ、唖然としてその文章を読んだ。

理子が怒っている様子がありありと浮かんでくる。

「なんで、こんなに……？」

それにしても、こんなに怒るなんて思ってもみなかった。

闇丘について調べている時だって、理子は青い顔はしていたものの、文句なんて言っていなかった。

怖いのが苦手で本当に嫌なのだとしたら、闇丘やモヤについて調べ始めた時に何か言ってきていたはずだ。

あたしはそう思いながらも、理子からのメッセージを無視することはできなかった。

《梢：理子、怖がらせてごめんね。だけどあたしも渉も嘘なんてついてない。信じて？》

しかし、その日のうちに理子からの返事がくることはなかったのだった。

翌日、学校へ向かう途中で愛子に声をかけられたあたしは、二人で並んで歩いていた。

「ねぇ、昨日の話なんだけど」

「え？」

あたしは歩きながら愛子に聞き返す。

昨日はいろいろなことをしたから、愛子が何を指して言っているのかわからなかったのだ。

「ほら、梢と渉に霊感があるって話」

「あぁ、それか……」

そう言って、理子からのメッセージを思い出していた。

理子はあたしの返信を見て何を感じただろうか？

今日理子と顔を合わせるのが、なんだか気まずく感じてしまう。

「二人ってさ、幽霊を見ることができるんだよね？」

愛子からの質問にあたしは慌てて左右に首を振った。

「ううん。姿を見たりすることは滅多にないよ。よほど強い霊魂じゃないと、無理」

「そうなんだ？」

「うん。気配《けはい》を感じたり、寒気を感じたりすることがあるだけ」

「ふぅん？」

愛子はあたしの言葉に首をかしげている。

霊感がない人からすると、霊感がある人はみんな幽霊が見えるものだと勘違いしているところがある。

だけど、霊感にも強弱があり、あたしや渉は霊を見るほど強い力を持っていない。

「でもさ、その力があると今回のことも簡単に解決‼　なんてことにはならないの？」

愛子が拝むような視線を向けてきたのであたしは顔をひそめてしまった。

「そんなの無理だよ。愛子が言っているのは成仏とか、お祓《はら》いができないのかってことでしょう？」

「うん、それか、あたしたちに取りついている幽霊の未練を晴らしてあげるとかさぁ」

あぁ、そういえばそんなストーリーの映画をやっていたことを思い出す。

霊感のある主人公の女の子が街中でイケメン幽霊に声をかけられ、『俺のことが見えるなら、俺の未練を晴らす手伝いをしてくれないか』と言われるラブストーリーだ。

残念ながら、あたしには幽霊と会話できるほどの力はない。

本当に、ただ肌に感じるだけなのだ。

それを説明すると、愛子は残念そうに大きなため息を吐き出した。

二人も亡くなっているのだから無理もない。

あたしはなんだか申し訳ない気持ちになってしまった。

「幽霊なんていない」

突然後ろからそんな声が聞こえてきて、あたしと愛子は飛び上がるほどに驚いた。

振り向くと、そこには理子が立っていた。

理子の顔は青白く、今にも倒れてしまいそうだ。

目の下には真っ黒なクマができていて、一見しただけじゃ理子と判断がつかないくらいだった。

あたしと愛子は驚いて言葉が出なかった。

理子にジッと睨まれて、あたしは後ずさりをする。

「理子……あのね、昨日は怖がらせてごめんね」

あたしはやっとの思いで言った。

理子と会話をしているだけなのに、体中から冷や汗が流れている。

「幽霊なんていない」

理子は強い口調で言った。

「理子、怖いからってそんなに否定しなくても……」

愛子が理子に言い返した瞬間、理子の手が愛子の体を突き飛ばしていた。

不意のことで愛子はそのまま後ろにこけてしまった。

「愛子！」

慌てて愛子を助け起こす。

幸いにも、ケガはしていない様子だ。

「幽霊なんていない！　霊感だって嘘っぱち！　そんなものを信じてるなんて、あんたたち頭悪いんじゃないの⁉」

「理子、あんた――」

あたしの言葉を遮るように理子が叫んでいた。

あたしの言葉は簡単にかき消されてしまい、怒鳴り散らす理子に唖然とする。

理子は次から次へと暴言を吐き、それは徐々にエスカレートしていった。

最後のほうには理子が普段絶対に口にしないような『死ね』とか『殺す』と言った言葉まで出てきて、あたしは愛子と目を見交わせた。

こんなの理子じゃない。

今日の理子は、まるで何かに取りつかれているように見えた。

取りつかれる……？

あたしはハッとして理子を見た。

昨日あの丘に行った時に何かあったのかもしれない。

あそこにいた霊が理子に取りついたとか……？

あたしは理子の口から出てくる暴言を聞きながら、ブラウスの胸元に手を入れた。

昨日渉から貰ったお守りをネックレスにして下げてきたのだ。

あたしはそれを取り出して理子の前にかざして見せた。

もし理子の中に何か悪いものが入っているとすれば、何か反応を見せるかもしれないと思ったのだ。

しかし、理子はお守りを見た瞬間狂ったように笑い始めたのだ。

「アハハハハハ‼」

お腹を抱えて涙を浮かべて笑う。

その異様な光景に屈しそうになるけれど、あたしはお守りをグッと握りしめていた。

やがて理子の笑い声は異質なものへと変化していった。

「アヒャヒャヒャヒャヒャ‼」

その声は何重にも重なり合い、あたしの鼓膜を揺るがした。

理子はボロボロと涙をこぼしながら笑っているのだ。

こんなのおかしい。

「そんなもの持ってたって無駄！　みんな死ぬ‼」

最後に理子は叫ぶとあたしたちの横をすり抜けて大股で歩いていってしまったのだった。

どうにか理子から逃れてA組の教室へ入ると、愛子がすぐにカバンから何かを取り出した。

「これ、見てよ」

そう言って差し出されたのはあの写真だった。

「この写真どうしたの？　愛子、写真は捨てたはずだよね？」

「理子が持ってたやつだよ。さっき、ゴミ箱に捨ててたから拾ってきた」

「そうなんだ……」

見ると、写真の中の理子の顔が青ざめているのだ。

「何、これ……」

和夫と准一の顔は相変わらず苦痛に歪んでいる。

しかし、理子の顔は青ざめるという今までと違う変化が起こっているのだ。

あたしは右上のモヤを確認した。

昨日よりもさらに人の顔として近いものになってきている。

「何が起こってるかわかる？」

愛子がすがるように聞いてきたけれど、あたしは何も答えられず、左右に首を振ることしかできなかった。

写真に変化があり、理子自身もおかしくなってしまった。

そして人の形を強くしたモヤ。

偶然ではないことは明白だった。

「あのさ……あたし、昨日考えたんだ」

愛子が写真をポケットにしまい、言いにくそうに口ごもりながら言った。

「何？　何かわかりそうなことがあったら、なんでも言って？」

あたしは愛子にすがりつくような気持ちで聞いた。

想像でもなんでもいい。

今の状況をどうにかしないと、また死者が出てしまうかもしれないのだ。

次は自分かもしれない。そんな恐怖が胸の中にずっとあるのだ。

「梢と渉には申し訳ないんだけどさ……」

「え？」

あたしはキョトンとして愛子を見る。

一瞬、理子のように否定されるかもしれないと警戒したけれど、愛子の意見はそれとはまた違ったものだった。

「もしかして、二人がいたから変なものがついてきたんじゃないかなって……」

小さな声で、だけどハッキリと言った愛子。

あたしは一瞬言われたことを理解できなくて、ぼんやりとその場に突っ立っていた。

「ほら、霊感のある人が幽霊のいる場所へ行くと、成仏させてくれると勘違いして近づいてくるとか、よく聞くでしょ？」

愛子の言葉にあたしは「あぁ……」と、空気が抜けていくような声を出していた。

「愛子は、どうしてそんなふうに思ったの？」

マンガやドラマの見すぎだと思いたかった。

だけど愛子の答えは、もっと現実的なものだった。

「だって、あの場所は他の人たちだって撮影場所として使ってるんだもん」

愛子は呟くような声で言った。

その瞬間、体から力が抜けていくのを感じた。

みんなが呪われてしまうのは、あたしと渉のせい……？

「他の人たちって誰のこと？」

「あたしたちが写真を撮った同じ日に、風景写真を撮った人がいたの」

それは愛子の親戚にあたる写真家の人だったそうだ。

あたしたちが丘に行く前に一人で撮影しに行き、そして今も何事もなく暮らしているのだそうだ。

「その人の写真には、何も写ってないの？」

あたしが聞くと、愛子は頷いた。

その写真家の人には、きっと霊感がなかったのだろう。

あたしはぼんやりとそんなことを考えたのだった。

亀裂

理子はクラス内でも妙な態度を取り続けていたようで、昼休みに様子を見にいくと一人で一番後ろの席に座っていた。

お弁当も出さず、イスの上で膝を抱えて座ってブツブツと何かを呟いている。

声をかけようかと思ったが、今朝のことを思い出すとその勇気もしぼんでいってしまった。

自分のクラスにいても愛子に疑われているかもしれないと思うと、居心地が悪い。

仕方なく、あたしは一人で中庭に来ていた。

今日はあまり天気がよくないから中庭でお弁当を広げている生徒はいなかった。

それは今のあたしにとっては好都合だった。

たくさん人がいる中で一人でお弁当を食べるのは、とても辛いことだからだ。

あたしはベンチに座り、膝の上でお弁当を開けた。

いつもは楽しいはずの昼休憩が今日はとても悲しかった。

みんなで同じ高校に入学して、楽しい毎日を過ごせるはずだったのに……。

あの集合写真を撮ってしまったことで、すべてが音を立てて崩れていってしまった。

「こんなはずじゃなかったのになぁ……」

あまりに寂しくて、つい呟いた。

「悪い、俺のせいだ」

そんな声が聞こえてきてハッと顔を上げると、そこに渉が立っていた。

あたしは驚いて息をのむ。

「いつの間に？」

「お前が一人で教室から出ていくのが見えたから、こっそりついてきたんだ」

そう言う渉の手にはコンビニの袋が握られていた。

あたしがお弁当箱を持っているところも、ちゃんと見ていたようだ。

「そうだったんだ」

全然気がつかなかった。

「隣、いいか？」

「う、うん」

渉と二人きりだと思うと、途端に緊張してきてしまう。

すぐ近くに渉の香りと温もりを感じることができた。

「ほんと、ごめん」

コンビニ袋を膝に置いた渉が、あたしへ向けて頭を下げてきた。

「え？　な、何が？」

「お前が一人きりになったのって、昨日俺が霊感の話をしたからだろ？」

「あ……。ううん、そんなの関係ないよ。だって、あたしだって自分からみんなにカミングアウトしたんだから」

あたしは言い、ブンブンと首を振った。

渉が隠し事をちゃんと話してくれたから、あたしも話そうと思えたんだ。

そうじゃないと、あたしはずっとみんなに自分の霊感について話すことはなかっただろう。

そう考えると、渉には感謝したい気持ちのほうが強かった。

「でも、結果的に受け入れてもらえなかったら、辛いのは梢だろ」

「それは……きっと大丈夫だよ」

なんの根拠もなかったけれど、『大丈夫』という言葉を口に出して言ってみると、心が少しだけ軽くなった。

「本当か？」

案の定、渉は疑いの目をあたしに向けている。

「本当だよ。だってあたしたちは赤ちゃんのころからの親友なんだよ？　霊感があったからってその関係が崩れることなんてないよ！」

あたしは、できるだけ明るい口調で言った。

本当は悲しくて心配でたまらない。

愛子はあたしと渉がいたから、こんなことになってしまったのだと思っている。

そしてその考え方は当たっているかもしれないのだ。

だけど、今は大丈夫だと思うしかなかった。

「そっか……でも、なんかあったら言えよ？」

そう言い、渉があたしの手を握りしめてきた。

大きくて温かな手にドキッとする。

こんなところでドキドキしてる場合じゃないのに、トキメキは止まらない。

「梢が自分の霊感をみんなに伝えたのは、俺が原因だったんだし。そんなことでお前らがバラバラになるなんて、俺は嫌だ」

「うん……あたしも嫌」

あたしはそう言い、渉の手を握り返した。

できればこのまま離したくない。

同じ物を持って生まれた同士、通じ合えることはたくさんあるはずだった。

それからあたしと渉はご飯を食べ、中庭で時間を潰していた。

あたしが教室に戻りにくいことを、ちゃんと察してくれているようだ。

「そういえば、少し気になることがあるんだ」

渉はそういうとポケットから写真を取り出した。

食後に見たいと思えるものじゃなかったけれど、あたしはそちらへ視線を向けた。

「今朝、理子の顔が青ざめてるっていうのは、お前らの会話で気がついた。でも、これも変化してたんだ」

一瞬、モヤのことだろうかと思った。

モヤは写っているメンバーに何かが起こるたびにその姿を濃くしている。

まるで、メンバーの命を吸い取って自分の体を形成しているようにも、見えなくはなかった。

けれど、渉がさしているのはそれではなかった。

渉の人差し指は愛子を指していたのだ。

「え……？」

あたしはグッと身を乗り出して写真を確認した。

今朝までなんの異変もなかった愛子の顔が、奇妙に歪んできているのだ。

「え、なんで⁉」

あたしは思わず大きな声を上げていた。

その顔の歪み方は和夫や准一と同じものだったのだ。

「今までは一人ずつ変化が起こっていたのに、今回は二人同時だ」

涉の言葉が入ってこない。

なんで愛子が？

そんな思いが頭の中をグルグルと回っている。

あんなに元気で、あんなに優しくて、あたしの一番の親友が……次のターゲットなの？

信じられなくてあたしは何度も自分の目をこすって写真を見直した。

しかし、その事実は変わらない。

「渉、もしかしてと思うけど写真にイタズラなんてしてないよね？」

あたしの問いかけに渉は目を見開いて、そんなことは絶対にしないと言いきった。

当然だった。

こんな状況でイタズラなんてするはずがないと、あたしだって理解していたはずだった。

それなのに聞いてしまうほど、今のあたしは混乱していた。

「理子と愛子の様子に気をつけておいたほうがいい」

渉の言葉に、あたしは頷くことすらできず、呆然と写真を見つめていたのだった。

教室へ戻ってきてからも渉の言葉が頭から離れなかった。

愛子と視線がぶつかっても、どんな顔をすればいいかわからない。

そんな時、C組の生徒が慌てた様子で教室へと入ってきた。

「梢！」

あたしの姿を見つけ、すぐに駆け寄ってくる。

「どうしたの？」

「どうしたのじゃないよ、理子が大変なの！」

「え？」

理子の名前が出た瞬間、血の気が引いていく。

それに、こんなに慌てているなんて珍しい。

あたしは説明も聞かずに席を立っていた。

「こっち！」

腕を掴まれ、引っ張られるようにしてC組へ向かう。

「何があったの？」

質問が終わるよりも先にその光景が目に飛び込んできた。

C組の教室内で、理子がイスを高々と持ち上げているのだ。

教室内の机やイスはなぎ倒され、筆記用具が床に散乱している。

Ｃ組の生徒たちはみんな理子から距離を置き、警戒している状態だった。

「何これ、どうしたの？」

「理子が急に暴れ出したの」

Ｃ組の男子生徒が、どうにか理子をなだめようとして声をかけている。

しかし、理子に男子生徒の声は届いていないようだ。

それどころか、体の向きを変えてクラスメートへイスを振り下ろそうとしている。

「理子、やめて！」

今にも振り下ろされてしまいそうなイスを見て、とっさに体が動いていた。

Ｃ組の教室に入り、理子を背中側から抱きしめた。

「離せ！　離せよ！」

理子は必死にあたしの体を振り払おうとするが、あたしは腕の力をさらに強めた。

「理子落ちついて！　いったいどうしたの！」

「許さない！　あたしの上でヘラヘラ笑って写真なんか撮って……。お前ら全員許さない！」

理子の叫び声にあたしは目を見開いた。

理子はいったい何を言っているの？

あたしの上でって、どういう意味？

しかし、質問をしている暇はなかった。

男子生徒が理子の持っていたイスを掴み、強引に奪い取ったのだ。

理子の体のバランスが崩れ、あたしと一緒にその場に倒れ込んでしまった。

「あたしの邪魔をするな‼」

叫びながら振り向いた理子の顔を見て絶句してしまった。

目は血走り、ヨダレを垂らしているのだ。

恐怖心が一気にせり上がってきて、体が言うことをきかなかった。

理子の手があたしに伸びる。

「死ねぇぇ‼」

理子の両手があたしの首にかかった、その瞬間だった。

誰かがあたしの腕を掴み、引き寄せた。

それが渉だと気がつくまでに、少し時間がかかった。

「今だ！　理子を取り押さえろ！」

「わかった！」

三人の男子生徒が駆け寄り、理子の体を拘束した。

さすが男子の力だ、理子は完全に動けなくなってしまった。

「大丈夫か梢？」

「うん……ありがとう渉」

あたしが言った時、理子は意識を失ったようにその場に崩れ落ちたのだった。


あれはいったいなんだったんだろう？

理子はあのあと先生に運ばれて保健室へ向かったが、目を覚ましてからは自分が何をしたのか覚えていないと言っていたようだ。

目立つケガもなかったので教室へ戻ったようだけれど、理子の豹変《ひょうへん》した姿を思い出すと体が震えたのだった。

神社

それから放課後になり、あたしは愛子と理子に声をかけて一緒に帰るように誘った。

愛子は放課後が近づくにつれて顔色が悪くなってきていたし、二人とも放っておくことはできない状況だった。

「あたし、今日は一人で帰る」

人が心配で声をかけたというのに、理子は聞く耳を持たずそんなことを言った。

「理子、そんなこと言わずに」

そう言って手を伸ばしたが、その手は簡単に振り払われてしまった。

相変わらず青白い顔をしている理子は、ジッとあたしを睨みつけている。

まるであたしに怨みでもあるかのように見えてくる。

だけどそうじゃない。

理子は何かに取りつかれているのだ。

「あんたたちと一緒にいたら、また霊感だのなんだのって話になるでしょ」

理子がトゲのある口調で言った。

「その話はもうしないよ。ね、まっすぐ家に帰るだけだから」

家に帰ってしまえば准一のように事故に遭って死ぬということはなくなるのだ。

不安は少しでも少ないほうがいい。

「嫌だって言ってんじゃん！」

理子はあたしに唾を吐きかけて言うと、一人で大股で歩き出してしまった。

「理子、待って！」

そのあとを追いかけようにも、愛子を一人にしておくことはできない。

「愛子、行こう」

「あたしも、今日は一人で帰りたい気分だから」

いつもあたしと一緒にいて、仲よくしてくれている愛子の言葉に、胸がズキリと痛む。

この言葉が愛子の本心ではないと知りつつも、やはり辛かった。

「でもさ、二人とも顔色が悪いし、心配だから……」

「大丈夫だよ。理子だってもう先に帰っちゃったんだから」

愛子はそう言うと、あたしと視線を合わせることなく、理子のあとを追いかけるように行ってしまったのだった。

愛子たちのあとを追いかけようと足を出した時、後ろから声をかけられてあたしは振り向いた。

そこに立っていたのは渉だった。

「渉……」

「二人とも、全然話を聞いてくれそうにないな」

さっきのやりとりを見ていたのか、渉がため息交じりに言った。

「うん……」

「嫌がるものを無理やり一緒にいさせることは難しいだろうな」

「そうだよね……」

あたしは二人の姿がすっかり見えなくなってしまったのを確認して、ため息を吐き出した。

今日の理子はとくにひどかった。

一緒にいたら、どんな暴言を吐かれるかわからない。

何かが理子にそうさせているのだとわかっていても、聞いているこちらが我慢し続けられるかわからなかった。

「あのさ、今から神社へ行こうと思うんだ」

「神社？」

あたしは渉に聞き返した。

すると渉は赤いお守りを胸ポケットから出して見せた。

あたしにくれたものと同じものだ。

「これをくれた人がいるところだよ。あの写真を見てもらおうと思う」

真剣な表情で言う渉に、あたしは大きく頷いた。

「それはいい案かもしれない」

人の死に詳しい人がいるなら、ぜひ力になってほしかった。

次は理子と愛子の番かもしれないのだから、できることはなんだってやりたかった。

藁にもすがる思いで、あたしたちは神社へ向かって歩き始めたのだった。

神社へ向かう途中、何気なくスマホを確認するとネットニュースが更新されていた。

トップにきているのは行方不明中の大場里子ちゃんの事件についてだった。

里子ちゃんがいなくなった日の足取りが、徐々に見えてきたという内容が書かれている。

「その子、早く見つかるといいな」

横からあたしのスマホを見て、渉が声をかけてきた。

「そうだね……」

幼い子が行方不明になったり、事件の被害者になるのは心が痛む。

でも、今はあたしたちだって大変な時なんだ。

見ず知らずの子に時間を割いている暇はなかった。

あたしはスマホをポケットにしまい、気を取り直して前を向いたのだった。


神社は渉の家のすぐ裏にあった。

そこは普段人目につかないような場所で、鳥居がひっそりとたたずんでいる。

「こんな場所があったんだ……」

あたしは赤い鳥居を見上げて呟いた。

「あぁ。そんなに有名じゃないけれど、俺の親戚が宮司をしてるんだ」

「そうなの!?」

あたしは驚いて聞き返した。

そんなのは初耳だった。

「そうなんだ。親戚の中には俺と同じで霊感を持っている人もいて、そういう人たちが引き継いでる」

「それじゃあ、将来的には渉もこの神社を継ぐの？」

「その可能性もゼロじゃないかな」

会話をしながら境内を進んでいくと、奥から五十代くらいの男性が出てきた。

「おぉ、渉か」

その男性は渉を見つけてすぐに声をかけてきた。

「叔父さん、こんにちは」

この人が渉の親戚の人みたいだ。

よく見ると目元が渉とよく似ている。

「おや、珍しいな。渉が女の子を連れてくるなんて」

そう言われて、あたしは慌ててお辞儀をした。

「初めまして、渉くんの同級生の橋田梢です」

少し緊張しながら言うと、叔父さんはクシュッとシワを寄せて笑ってくれた。

「どうも初めまして。渉の叔父です」

「叔父さん、今から出かけるところだった？」

叔父さんの私服姿を見て渉は聞いた。

「あぁ。いや、大した用事じゃないから大丈夫だよ。上がっていくかい？」

「うん。今日は叔父さんに相談があってきたんだ」

「相談？」

聞きながら、あたしと渉を交互に見つめる叔父さん。

すると、何かに気がついたようにハッと目を見開き、渉を睨みつけたかと思うと

「まさかお前――！」と、声を荒げた。

突然の大声に何事かと驚いて後ずさりすると、渉が冷静な表情で「違うから」と、一言言った。

「な、なんだ。そうなのか？ てっきり……」

安堵したようにブツブツと言う叔父さん。

いったいなんの話をしているのか、あたしにはサッパリわからない。

「叔父さんと叔母さんは高校生の時に付き合ってて、叔母さんが俺たちの年齢のころ妊娠したのをキッカケに、結婚したんだ」

スラスラと叔父さんたちの事情を説明する渉に、あたしは「そ、そうなんだ？」と、ギクシャクした返事をするしかできなかった。

「え？ ってことは？」

あたしは少し冷静になって考えて叔父さんを見た。

叔父さんが突然怒り始めた理由がわかった。

あたしと渉が自分たちと同じような関係になって、それを相談しに来たと勘違いされたのだ。

そう理解すると同時に、自分の顔がカッと熱くなるのを感じた。

隣にいる渉の頬も、心なしか赤くなっている。

「いや悪かった。早とちりだったな」

あたしたちの前にお茶を差し出してくれた叔父さんが頭をかきながら言った。

あたしたちは神社に隣接している家に通され、リビングに座っていた。

「いえ、大丈夫です」

まだ少し顔が熱いのを感じながら、あたしは笑った。

渉とそんな関係だと勘違いされて、少しうれしくもあった。

「で、話はなんだっけな？」

一口お茶を飲んで気を取り直したように聞く叔父さん。

ようやく本題へ入れそうだ。

「この写真を見てほしいんだ」

そう言い、渉がカバンから写真を取り出した。

あたしは写真を見たくなくて、思わず目をそむける。

「これは……」

叔父さんはほとんど写真を見ないまま、顔をしかめて呟いた。

あたしたちよりも霊感が強く、写真を取り出すだけで何かを感じ取ったのだろう。

「これは、入学式が終わったあと闇丘で撮影したものなんだ」

「あぁ……あそこか」

叔父さんは言い、額の汗を手の甲で拭った。

さっきまで涼しい顔をしていたのに、この写真を見た瞬間汗をかき始めた。

「やっぱり、悪いものがついてる？」

「そうだな……。この写真からは『守ろうとする力』と『邪悪な力』の両方を感じる。この写真の中にはたしかに悪いものが潜んでいるが、それをやめさせようとする力も存在している」

叔父さんの言葉に、あたしと渉は目を見交わせた。

それはいったいどういう意味なんだろう？

あたしたちを守ってくれる存在なんて、この写真のどこにいるんだろう？

「叔父さんはもう気がついてると思うけど、この二人は、もう死んでしまった」

渉はそう言い、和夫と准一を指さした。

「あぁ……そうだろうなぁ。それに、この子たちも危ない」

叔父さんは言うと、理子と愛子を指さす。

「みんな、友達なんだ。どうすればいい？」

「とにかく、この写真はここでちゃんと供養したほうがいいだろうな」

汗をぬぐいながら叔父さんは言った。

「でも、この写真は一枚じゃないんだ」

「なんだって?」

叔父さんが目を見開いて渉を見た。

「ここに写ってる全員が同じ写真を持ってる。あと、それぞれのスマホにもデータが残っているそれを全部供養しなきゃ、意味はないんだろ?」

渉はそう言って、スマホの写真も叔父さんに見せる。

「そう、そういうことになる。ただ、スマホの写真からは何も感じないから、これは削除すればいいだろう」

叔父さんはそう言うとスマホから再び写真に視線を移し、大きなため息を吐き出した。

「梢、行こう。みんなの写真を集めてくるんだ」

「え? あ、うん」

あたしは頷き、叔父さんにお礼を言って渉のあとを追いかけたのだった。

焼却炉

「どうしよう、渉」

鳥居を抜けたところで、あたしは前を歩く渉に声をかけた。

「何がだ?」

「愛子は写真を捨てちゃってるよ……」

こんな写真に惑わされちゃいけない。

そう言って愛子は病院のゴミ箱に写真を捨てているのだ。

「あっ……」

思い出したように呟き、渉は立ち止まった。

あれは准一が入院していた時のことだから、ゴミはとっくに回収されていることだろう。

全員分の写真が集まることは絶対にないんだ。

「病院へ行こう」

「でも……」

「行ってみなきゃわからないだろ！」

涉に言われ、あたしたちは病院へと向かうことになったのだった。

病院行きのバス停まで来ると、次のバスが到着するまであと二十分もあることがわかった。

この待ち時間が気を焦らせる。

あたしと涉はバス停のベンチに座ったまま落ちつかずに周囲を見回していた。

理子と愛子のことが気になってさっきからメッセージを送っているのに、返事がまったくない。

もしかして二人とももう……。

そんな嫌な予感が胸をよぎっては、左右に首を振ってその考えをかき消した。

「もう一度、愛子に電話してみるね」

あたしは涉へ向けて言うと、スマホに耳を当てた。

何度か電話をかけてみているけれど、こちらも無視されていたのだ。

今回もきっとダメだろう。

そう思った時だった。

しつこいくらい鳴らした二十回目のコールで『もしもし？』という声が聞こえてき

たのだ。
とっさのことで返事ができず、呆然としてしまうあたし。
『もしもし、梢？』
「も、もしもし⁉」
間違いない、これは愛子の声だ！
あたしは渉を見た。
渉は不安げな表情であたしを見つめている。
『今、学校に行く途中なの』
「え？　学校？」
あたしは愛子の言葉に聞き返した。
学校から帰っている途中ではなくて、学校に行く途中とはどういう意味だろう？
学校はさっき終わったはずだ。
『理子に呼び出されたから』
「理子に？　理子はまだ学校にいるの？」
『そうみたい』
あたしは大股に歩いていってしまう理子の後ろ姿を思い出していた。
あのあと理子は学校へ戻ってきたということだろうか？

それとも、最初から学校を出ていなかったのかもしれない。

「愛子、理子に呼び出された原因がわかる?」

『何か話したいことがあるんだって』

「話したいこと?」

それなら学校でいくらでもできたはずだ。

やっぱりおかしいと感じたあたしは渉を見た。

渉は「どうした?」と、聞いてくる。

「愛子が、理子に学校に呼び出されたって」

あたしは渉へ向けて説明した。

渉は首をかしげている。

だけど、このまま二人にしてはいけないという雰囲気は理解できたようだ。

「愛子、あたしも一緒に学校に行くからそこで待ってて!」

あたしはそう言って電話を切ると、渉と二人で学校へ向けて歩き出したのだった。

学校の敷地内は部活動の声が聞こえてくるだけで、とても静かだった。

用事のない生徒たちはもう帰っていて、半分も残っていない。

あたしと渉は足早に校舎へと向かった。

「愛子に電話してみる」

歩きながらスマホを操作し、愛子に電話を入れる。

しかし、何度かコール音がしたあとプツッと切れてしまった。

「あれ？」

あたしは首をかしげて画面を確認する。

電話を切られてしまったようだ。

「どうした？」

「電話、切られちゃった」

そう言い、もう一度発信する。

しかし今度は『おかけになった電話番号は電源が切れているか、電波の届かない場所に――』というアナウンスが流れ始めたのだ。

嫌な予感がして、背中に汗が流れていく。

今度は理子に電話を入れてみたけれど、結果は同じだった。

「二人とも通じない」

そう言うと、渉は軽く舌打ちをした。

「とにかく、学校内をくまなく探すしかないな」

「うん」

あたしと渉は二手に分かれて探すことになった。

渉は渡り廊下の南側。

あたしは北側だ。

「見つけたらすぐに連絡しろよ」

「わかった」

あたしは返事をして、歩き出したのだった。

北側は部活動に使う教室棟だった。

ここにはまだたくさんの生徒たちが残っているから、見知った顔を見つけるとすぐに声をかけた。

「ねぇ部活中にごめん。愛子と理子を見なかった？」

吹奏楽部の生徒に声をかける。

「愛子と理子？　さぁ、見てないけど」

「そっか。ごめん、ありがとうね」

あたしは礼を言いすぐに他を探し始める。

美術部にパソコン部に文芸部に手芸部。

どの教室を覗いても、誰に聞いてみても二人を見たという生徒はいなかった。

「ここにはいないのかな……」

時間がたつにつれて気持ちは焦り始め、あたしは北側の棟のトイレなどを確認しながら、再び二人に電話をかけた。

だけど結果は同じ。

電源が入っていないようだ。

「ここで最後」

そう呟いて立ち止まったのは、顧問の先生たちの部活専用の職員室だった。

この職員室は生徒の出入りも自由で、部活の会議なんかでもよく使われているらしかった。

「すみません、失礼します」

あたしはノックをしてそっとドアを開けた。

中にいたのは四十代の男性教師と、同年代の女性教師の二人だけだった。

二人とも、文化部で使うプリントを作成中のようだ。

「君は？」

文化部に所属していないあたしは見慣れない生徒らしく、先生はあたしを見て首をかしげた。

「えっと、一年の橋田と言います。あの、ここに一年生の秋元愛子さんと上原理子さんが来ませんでしたか？」

二人とも部活には入っていないから、先生が知っている可能性は少なかった。

だけど、女性教師のほうが理子の名前に反応した。

「上原さんなら、三十分ほど前に外で見かけたわよ?」

三十分前!?

あたしが、この棟を探し始めたくらいの時間だ。

そのころ、理子は外にいた?

「あ、ありがとうございます!」

あたしは先生にお礼を言うと、すぐに職員室をあとにしたのだった。


生徒玄関へと向かいながらあたしは渉に連絡を入れた。

理子が外にいるかもしれないと伝えると、すぐに行くと言っていた。

靴を履き替え外へ出る。

グラウンドからは相変わらず運動部の声が聞こえてきている。

あたしはそのグラウンドが見える位置まで移動した。

しかし、その中に愛子と理子の姿は見えない。

部活の中に紛れていればきっとすぐに見つけられるのに。

「梢!」

呼ばれて振り向くと、渉が息をきらしながら走ってきた。

「渉、二人ともいた？」

「いや、ここに来るまではいなかった。グラウンドは？」

「グラウンドにもいないみたい」

「なら、あとは校舎裏か、体育館か……」

渉の言葉にあたしはふと思い出した。

そういえばこの学校には昔使っていた焼却炉があるはずだ。

今は業者がゴミを引き取りに来るから使われていないようだけれど、あそこならひと目がつかない。

もし、誰にも見られたくないのであれば、あそこを選ぶだろう。

「梢？」

考えていたあたしに渉が声をかけてきた。

「焼却炉にいるかも」

ただの勘だったけれど、ここでぼんやりしている暇だってないのだ。

あたしは渉と一緒に焼却炉へと向かったのだった。

炎

学校裏は高い塀で囲まれていて、その手前にレンガで作られた焼却炉があった。

昔はゴミを燃やしても誰にも咎められることはなかったけれど、今では地域の決まりとしてゴミを燃やすことは禁止されていた。

それでも、この焼却炉は取り壊されることなく、そこにあった。

「二人とも……」

ススで黒くなった焼却炉の前に、愛子と理子が立っていた。

二人の姿を見つけた瞬間ホッと安堵のため息を漏らした。

「二人とも、こんなところで何してるの？」

あたしは声をかけながら二人に近づく。

愛子がチラリとあたしに視線を向け、すぐに理子へと視線を戻した。

その顔は真っ青だ。

「おいお前ら、ちゃんと家に帰ったんじゃなかったのか？」

渉が二人の間に割って入ろうとする。

が、理子が片手でその体を突き飛ばしたのだ。

思いもよらない力に尻もちをつき、唖然とする渉。

「渉、大丈夫？」

慌てて駆け寄ると、渉は「あ、あぁ……」と、頷き、立ち上がった。

その瞬間、理子に押された肩を押さえて顔をしかめる。

「理子、何してるの？　もう帰ろうよ」

できるだけ理子を刺激しないように優しい声で話かけた。

理子の視線があたしを捕らえる。

その瞬間、まるで金縛りにでもあってしまったかのように体が動かなくなっていた。

恐怖で笑顔が引きつり、額に汗が滲むのを感じる。

目の前にいるのは理子であって、理子じゃない。

何かが理子の中に入り込んでいる。

あたしは大きく深呼吸をして自分を落ちつかせると、お守りに手をかけた。

服の中から取り出してギュッと握りしめると、理子が眉間にシワを寄せる。

「まだそんなものに頼ってるの？」

その声は低くひどくしゃがれていて、あたしはビクッと身を震わせた。

本来の理子の声は跡形もなく消えてしまっているのだ。

「あなたは誰？」

そう聞く自分の声が震えている。
怖い。
その気持ちが湧いてきて手が小刻みに震え始める。
だけど、理子から目をそらすことはしなかった。
ここで視線を外したら、その瞬間に何が起こるかわからない。
「何をしても無駄。どうせみんな死ぬ」
理子がそう言い笑い出した。
おかしそうに、そこら中に響き渡るような声で。
頭の中までガンガン響いてくる笑い声にメマイを覚え、あたしは両足を踏ん張った。
「みんなが死ぬなんて、そんなことはさせない！」
渉がそう言い、あたしの隣に立った。
その手にはお守りが握りしめられている。
「死ぬ死ぬ死ぬ！　この女も、今、ここで死ぬ！」
理子はそう言うと愛子を指さした。
愛子は青い顔をしたまま動かない。
と、その瞬間。
使われていない焼却炉に赤い炎が上がったのだ。

あたしは驚いてハッと息をのむ。

灰すら残されていない焼却炉で火が出るなんてありえない。

が、目の前でたしかに炎がゴウゴウと音を立てて燃え盛っているのだ。

その熱にあたしは数歩後ずさりをした。

「こんなこと、あるはずない……」

そう言うが、声に力は籠っていなかった。

あたしと渉がたじろいだ瞬間、理子が愛子の手を掴んでいた。

あ！

と思う暇もなくその体は理子のほうへ引き寄せられ、理子は愛子の体を抱きしめて
みずから炎の中に飛び込んだのだ。

「キャアアア！」

愛子の悲痛な叫び声に、渉が慌てて駆け寄る。

しかし、炎は二人の体を包み込むほど大きく燃え盛り、手を出すことができない。

「愛子！　この手に掴まれ！」

それでも渉は必死に手を差し伸べる。

「もう遅い！　この女は助からない！」

真っ赤な炎の中から理子の笑い声が響いてくる。

目を凝らして見てみると、理子が愛子の体を押さえつけているのがわかった。

簡単に渉を突き飛ばしてしまったあの力で押さえつけられれば、あたしだって逃げることはできないだろう。

「助けて！　誰か！」

それでも愛子は懸命に叫び声を上げて手足をばたつかせている。

「熱い！　熱い熱い熱い‼」

愛子の悲鳴。

助けを求めて伸ばされた手はすでに炎が燃え移っている。

「死ぬんだ！　お前ら二人も、じきに死ぬ‼」

理子は笑いながら叫ぶ。

制服にも髪の毛にも火がつき、炎は激しさを増している。

そんな中、理子はまだ笑っていたのだ。

「理子！　正気に戻って！」

あたしは叫び声を上げながら、近くに消火器や水はないかと探した。

けれどここは屋外で、それらしいものが見つからない。

「早く消防署に連絡を！」

渉の声で我に返り、あたしはすぐにスマホを取り出した。

熱と恐怖で指先は震えて思うように動かない。

こんなに激しく炎が燃え上がっているのに、先生や他の生徒たちが気がつく様子もなかった。

どうにか消防署の電話番号を打ち込んだあたしは、スマホを耳に当てた。

しかし聞こえてきたのは『この番号は現在使われておりません』という機械音だったのだ。

一瞬にして血の気が引いてくる。

パニックになって、番号を押し間違えただろうか？

そう思い、もう一度番号を打ち込んで電話をかけた。

しかし結果は同じ。

何度電話をかけてみても、機械音が聞こえてくるばかりだ。

「なんで……」

ふと顔を上げると、鼻や頬がドロドロに溶け始めた理子と視線がぶつかった。

骨がむき出しになった口元が奇妙に歪んで笑っている。

理子に押さえつけられている愛子の動きも、鈍くなっているのがわかった。

「お前たち全員道づれにしてやる！」

理子はドロドロに溶けていく口で叫んだ。

髪が燃え、頭皮が剥けて真っ赤に染まる。

あたしは顔をそむけることもできず、その場に立ち尽くしたまま呆然とその光景を見ていた。

溶けて消えていく友人たち。

そして理子の呪いの言葉が、あたしの鼓膜に焼きついたのだった……。

夢の中

救急車と消防車が到着した時は、もうすでに二人は動きを止めていた。

炎はいつの間にかピタリと止まり、焼却炉の中には二人の焼けた死体だけが入っていた。

あたしと渉は先生たちから散々事情を聞かれたけれど、本当のことなんて言えるわけがなかった。

あたしたちが駆けつけた時にはすでに二人は死んでいたと、嘘をつく他なかった。

家に帰れたのはすっかり日が落ちてしまってからで、あたしは晩ご飯も食べずにグッタリとベッドに横になった。

目を閉じると真っ赤な炎が浮かんでくる。

愛子の悲鳴。

理子の笑い声。

人が焼け焦げる臭い。

思い出し、吐き気が込み上げてきてトイレに走る。

胃の中のものを全部吐き出しても、楽になることはなかった。

ベッドに戻ると、自然と涙が溢れ出てきた。

次は理子と愛子が危ないとわかっていたのに、助けることができなかった。

あんな残酷な死に方をするなんて、思ってもいなかった。

「ごめん……ごめんね愛子……」

次から次へと溢れてくる涙を抑えることもできず、あたしは泣き続けたのだった。


目の前に幼いころの自分がいて、あぁ、これは夢かと気がついた。

今日は眠ることなんてできないと思っていたのに、いつの間にか眠ってしまったようだ。

精神的にも体力的にもすっかり疲れてしまっていたことはたしかだった。

夢の中、幼いあたしはいつものメンバーで遊んでいた。

幼い和夫に准一に愛子に理子、そして渉もいる。

みんな一緒だったころだ。

場所は公園。地区の夏祭りの会場としても使われている大きな公園だ。

あたしたちはいつもそこで遊んでいた。

懐かしい記憶がこうして夢になって出てくるなんて、うれしくなる。

あの頃、あたしたちの流行の遊びは色鬼だった。
ジャンケンで負けた人が鬼になり、鬼は色を指定する。
その他の子たちは十秒で指定された色を探し、そこに触れなければならない。
そんな、懐かしい遊び。
「なーにいろー？」
鬼から離れた場所で聞くあたし。
鬼になった和夫は公園内を見回して考える。
できるだけ難しい色のほうがいい。遊具に使われていない色のほうがいい。
「白色！」
和夫の声が響き渡ると同時に、あたしたちは駆け出した。
遊具にはいろいろな色が使われている。
赤、青、黄色、紫。
だけど白という単調な色は、なかなか見つからない。
ありそうでない色だった。
だけどあたしは、この公園内で唯一白を使っている遊び場を知っていた。
それは砂場だった。
砂場を半周ほど取り囲むように立てられているブロック塀には、白いペンキでウサギの絵が描かれているのだ。

あたしは、すぐにそちらへ走った。

「ごーお、ろーく、ひーち」

和夫のカウントダウンが聞こえている間に白いウサギに触れる。

やった！　これであたしは鬼にならなくて済む！

そう思った時だった。

ガンッ‼

何かがぶつかる音が聞こえてきて、和夫のカウントダウンが途絶えた。

みんな動きを止めて、声も発しない。

それほど大きな音だったのだ。

「ね、今の音なに？」

最初に口を開いたのは、あたしと同じように白いウサギに触れていた愛子だった。

愛子は大きな目をさらに大きく見開いている。

「行ってみよう！」

色鬼なんて関係なく、ジャングルジムに上って一番高いところで足をブラブラさせていた渉が慌てた様子で下りながら言った。

あたしたちは渉について走り出す。

音は公園のすぐ近くから聞こえてきた。

公園を出ると、大きなトラックが公園の塀に突っ込んでいるのがわかった。

音の原因はこれだったみたいだ。

あたしは怖くて足が一歩も前に進まなくなった。

早く大人の人に知らせなくちゃ。

そう思うのに、自分の体が言うことをきかなかった。

渉がトラックへ近づいていき、運転席にいる人に声をかけている。

「大丈夫だよ」

という声が聞こえてきて少し安心する。

でも……でも、あたしには見えてしまったんだ。

公園に突っ込んだトラックの下に、子供の靴が転がっていることに。

渉もそのことに気がつき、周囲を見回した。

そして、トラックの向こう側に何かを見つけたのか慌てて駆け出した。

「あれを見て！」

渉のそんな声が聞こえてくる。

あたしは呆然として立ちすくんだまま、道を挟んで向こう側に停車している白い車を見ていたのだった。

男の子

ハッと目を覚ますと、部屋の中は明るくなっていた。

額に触れるとひどく汗をかいている。

何か嫌な夢を見ていた気がするけれど夢のラストを思い出すことができなかった。

最初は懐かしい夢だった。

みんなで大好きな公園にいて、色鬼をして遊んでいた。

鬼は和夫で、あたしたちは白色を探して……。

それからどうしたんだっけ？

思い出そうとしても、そこから先はモヤがかかっているかのように感じられて、ちっとも思い出すことができなかった。

あたしは考えることをやめてベッドから下りた。

「梢、起きてる？」

ドアの外からお母さんの声が聞こえてきて「起きてるよ」と、返事をした。

「昨日のことがあったから、今日は学校お休みだって」

その言葉にあたしは一瞬返事ができなかった。

あんなショッキングな出来事があったんだから、学校が休みになるのも無理はない。

だけど、お母さんの一言で昨日の出来事が蘇ってきてしまったのだ。

「それから、今日は外出しないこと」

続けて言われてあたしはドアを開けた。

「どうして?」

「ここ最近ちょっと物騒じゃない。学校が休みになったからってフラフラしてたら、梢にまで何かあるかもしれないでしょ?」

「そんなこと……」

『そんなことない』

そう言いたかったけれど、言えなかった。

次のターゲットが誰かなんて、わからない。

あたしかもしれないんだ。

途中で黙り込んでしまったあたしの肩をお母さんが優しく叩いた。

「お母さんも今日は一日家にいるから、何か欲しいものがあれば言いなさい。買い物には行ってきてあげるから」

「……うん」

あたしは頷き、ドアを閉めたのだった。

正直、一人で家にいると気が滅入ってしまいそうになる。

かといって、お母さんの前で無理に笑顔を作る元気も、今のあたしには残っていなかった。

気分を変えようと机の前に座って教科書を開いてみるけれど、内容はまったく頭に入ってこなかった。

しばらく教科書と格闘していたあたしだけれど、諦めて音楽を流すことにした。

明るいＪ-ＰＯＰを聞くと元気が出る。

部屋の雰囲気も変わるし、気晴らしになる。

だけどやっぱり心の中にはあの写真があって、あたしは引き出しを開けた。

写真を取り出して確認すると、理子と愛子の顔が歪んでいた。

そして右上を確認する。

モヤの中の顔立ちがさらにクッキリと浮かび上がって見えていた。

「男の子……？」

あたしはモヤをジッと見つめて呟いた。

相変わらず輪郭はぼやけているけど、なんとなく丸顔で、３～４歳の男の子に見えた。そして、特徴的な太い眉。

「これ、どこかで見たことがある顔だ」

でも、どこで?

それがわからなかった。

ただの勘違いかもしれない。

あたしは写真に視線を向けたまま、スマホを手に取った。

渉に連絡をしよう。

渉なら、このモヤの顔に何か覚えがあるかもしれない。

そう思ってスマホを手に取った時、階段を上がってくる足音が聞こえてきて顔を上げた。

少ししてドアをノックする音が聞こえてきて、お母さんが顔を出した。

「梢、買い物に行ってくるけど何か欲しいものはある?」

「何もないよ」

今はそれどころじゃない。

早く行ってほしくて早口で返事をした。

「そう。それなら家で大人しくしていなさいよ?」

「わかってるよ。今日はどこにも出ないから、心配しないで」

あたしのことを心配してくれていても、今の状況を説明することができないから、近くにいても邪魔なだけだ。

知らない間に目つきが鋭くなっていたようで、お母さんが怪訝そうな表情になった。

まずい、このままじゃもっと長引きそうだ。

そう思い、すぐに笑顔を浮かべた。

意識的に浮かべた笑顔は不自然になり、お母さんが部屋に入ってきてしまった。

「梢、何か隠し事でもしてるんじゃないの？」

「な、何もしてないよ！」

すぐに立ち上がり、お母さんを部屋から出そうとする。

その時だった。

「あら、この写真何？」

机の上に置いていた写真に気がつかれてしまった。

そう言って隠そうとするより早く、お母さんが写真を手に取っていた。

「なんでもないの！」

和夫と准一、それに愛子と理子の顔が奇妙に歪んだ写真。

その写真をひと目見たお母さんは表情を歪めた。

「何よ、この写真……」

呟くような声で言い、ジッと写真を見つめている。

あたしは何も言えず、ただお母さんとその手に握られている写真を見つめているしかできなかった。

今起こっている出来事を説明したって、きっと信じてもらえないだろう。

「このモヤ、気持ちが悪い」

お母さんが右上のモヤに気がついて言った。

「人の顔みたいじゃない。ねぇ、なんなのこの写真は」

「それは……みんなで撮った、集合写真……」

そうとしか説明しようがなかった。

あたしたちだって、どうして写真がこんなに変化してしまったのかまだわからないままなんだから。

しかし次の瞬間、お母さんが目を見開いた。

まるで何かに気がついたように息をのむ音が聞こえてくる。

そしてその顔は徐々に青ざめていったのだ。

「お母さん、どうしたの？」

明らかに様子のおかしいお母さん。

「これ、どうして？　なんでこんな悪趣味なことをするの？」

青い顔のまま問いかけてくる。

けれど、あたしは左右に首を振り、自分は何もしていないと伝えた。

「この写真はお母さんが預かっておくから」

そう言うと、写真を乱暴にポケットにねじ込んだ。

「ちょっと、何するの⁉」

慌てて取り返そうとしても、お母さんはしっかりとポケットを押さえている。

「ちゃんとお祓いしてもらいましょう。そうすればきっと大丈夫だからね」

お母さんはあたしにではなく、自分に言い聞かせるように言い、部屋を出ていってしまったのだった。

知っている

あたしは、お母さんが出ていったドアを呆然として見つめていた。

亡くなっていった友人たちの顔を見ても顔をしかめただけだったのに、あのモヤを見てから急に態度がおかしくなったお母さん。

「何か知ってるんだ……」

もしかしたら、あのモヤが誰なのかもわかってしまったのかもしれない。

だからあんなに青ざめていたんだ。

あたしたちにはわからないことをお母さんは知っている。

これはいったいどういうこと……？


それから二時間ほどたった時、玄関のドアが開く音が聞こえてきてあたしは自分の部屋を出た。

「ただいま梢」

そう言い、両手にいっぱいの荷物を持っているお母さん。

まるでさっきの写真のことは忘れてしまったかのようにふるまっている。

「お母さん、あの写真のモヤについて、何か知ってるんでしょう?」

その質問に、お母さんは微かに体を震わせた。

「何を言ってるの? あの写真はもう神社へ持っていったんだから忘れてしまいなさい」

「忘れるなんて無理だよ! ねぇ、あのモヤの男の子はいったい誰なの!?」

気がつけばあたしはお母さんの両肩を強く掴んで聞いていた。

お母さんは痛みに顔をしかめ、驚いた顔であたしを見る。

その顔を見てようやく自分の手に力が入っていることに気がついた。

「ご、ごめん……」

すぐに手を離し、俯いた。

こんなのは八つ当たりと同じだ。

だけど、お母さんが驚いたのは別のことが原因だったのだ。

「梢、覚えてないの?」

「え……?」

あたしは顔を上げ、首をかしげた。

「あれほど昔のことだもんね、忘れてても当たり前よね」

お母さんはどこか寂しげに言い、両手に荷物を持ち直してキッチンへと移動したのだった。

その後、お母さんにいろいろと尋ねてみたけれど、詳細を教えてもらえることはなかった。

「忘れていることを思い出す必要はない」

と、一言で終わらされてしまうのだ。

だけど、これは大きな情報だと思えた。

あのモヤの正体は親の世代が知っている人物だと特定できたのだから。

この情報をすぐに渉に知らせたくて、翌朝三十分も早く家を出て学校へ向かうことにした。

「渉!」

校門を抜けたところで渉の後ろ姿を見つけてあたしは声をかけた。

「梢。メール読んだよ。梢の親があのモヤの人物を知ってるって?」

さっそく本題に入った渉にあたしは大きく頷いた。

「そうみたい。だけど、詳しいことは何も教えてくれないの。写真も神社に持っていかれちゃった」

「そうか……。梢の親が知ってるってことは、俺の親も知ってるかもしれないってことだよな」

「うん。あたしもそう考えてた」

あたしたちは並んで歩きながら会話を進めた。

朝早い時間なので、生徒の姿はほとんどなかった。

涉に早く来るようにメールを入れておいてよかった。

「でも、あたしのお母さんはあたしもモヤの相手を知っているような口ぶりだったの。『覚えてないの？』って言われたから」

「覚えてないの？ か……。もしかしたら、俺たち全員に関係のある人物かもしれないな」

そうかもしれない。

だからあのモヤを見ているとなんだか見覚えがあるような感覚になってくるのかもしれない。

「でも、梢のお母さんが頑《かたく》なに口を閉ざしたんなら、俺の両親も何も教えてくれないかもしれないな」

「そう……だよね？」

それも懸念していることの一つだった。

あれだけ頑固になって何も教えてくれないなんて、珍しいことだった。

大人たちにとっては思い出したくない人物である可能性があった。

「次は俺の番か、それとも……」

渉の言葉に、あたしは強く身震いをした。

もし渉がこの世からいなくなってしまったら？

そう考えると、いっそ自分が先にターゲットになったほうが楽だと感じられた。

「お願い、そんなこと言わないで……」

あたしはそう言い、渉の手を握りしめたのだった。


今日の出席人数は十人ほどだった。

次々と起こる不幸な事故に生徒たちはみんな混乱している様子だった。

学校に来ているのはあたしたちと、真面目な生徒たちだけだ。

あたしと渉の二人も一生懸命授業を聞いていたのだけれど、少し油断するとすぐにモヤについて考えてしまい、授業が身に入ることはなかった。

結局、あたしは一日のほとんどを渉とともに過ごし、写真について会話をしていたのだった。

家に戻ると、ちょうどお母さんが出かけるところだった。

愛子と理子の死についての説明会が体育館で開かれるらしい。

だから今日は部活動も休みになっていた。

「梢は家から出ちゃダメよ」

昨日と同じように念を押されて、あたしはため息交じりに自室へと向かった。

今日はプリントの課題が出ていたけれど、それをやる気力もなかった。

写真を持っていかれてしまったから、次のターゲットがどちらなのか確認することもできない。

そう考えて、慌てて左右に首を振って考えを打ち消した。

次のターゲットなんてきっといない。

そう思っていないと、不安で気が狂ってしまいそうだった。

このまま一人でいても悪いほうへと考えが向いてしまう。

あたしは仕方なく音楽をかけ、プリントを広げた。

歌詞もメロディーも、問題も何も頭には入ってこない。

だけど少しだけ気分は軽くなってきて、どうにか問題を解き進めていた時だった。

集中を妨げるようにスマホが鳴り始めて、あたしはプリントから顔を上げた。

机の上で光っているスマホを手に取ると、渉からの着信だった。

何かわかったのかもしれないと思い、すぐに電話に出た。

「もしもし？」

『もしもし梢か？』

「うん。何かわかったの？」

『あぁ。今ばあちゃんに写真を見てもらったところなんだ』

おばあちゃんか。

両親は説明会に出かけていていないのだろう。

「それで？」

『あのモヤは昔、亡くなった子供にそっくりな顔をしているらしい』

昔、亡くなった子供……？

その言葉を聞いた瞬間、視界がぐらりと歪んだ気がした。

記憶の奥底をえぐられるような不快感に、めまいを感じる。

『梢？　聞いてるか？』

「う、うん……」

あたしはベッドに座って返事をした。

『子供の名前までは思い出せなかったけど、今から十年以上昔、この近所で小さな子供が亡くなったらしい』

「そう……なんだ……」

十年以上前。

あたしたちが五歳とか、そのくらいの時の話だろうか？

記憶になくて当たり前だった。

『だからこれから図書館に行って、その情報について調べようと思うんだ。梢、一緒に行かないか？』

あたしは、お母さんに家にいなさいと念を押されたことを思い出す。

きっと家にいないと知れば怒るだろう。

昨日の動揺の仕方から見ても、ただ怒るだけじゃすまなそうだし、許してもらえるかどうかもわからない。

もしかしたら、しばらく外出禁止になってしまうかもしれない。

でも……。

十年前に何があったのか、この目で確認してみたいという思いが強かった。

それがあのモヤに繋がり、この不幸を止めることができるのなら……。

「わかった。すぐに出る準備をするよ」

あたしは渉へ向けて返事をしたのだった。

名前

「十年くらい前ってことだから、その周辺から調べていこう」

あたしと渉は市立図書館へ来ていた。

あたしはパソコンで、渉は新聞を調べることになった。

「わかった」

あたしは頷き、画面上に向き直る。

十年前に起こった死亡事件と死亡事故の両方を調べていく。

ズラリと表示される項目に嫌気がさすが、その中から地元のニュースを絞り込むと数十件まで減らせることができた。

一年間に数十件の死亡事故と死亡事件。

思っていたよりも多くてビックリする。

その多くが交通事故死で、死亡者の名前に聞き覚えはなかった。

それでも、この中にモヤの人物がいるかもしれないと思い、名前を検索していく。

顔写真がズラリと表示されるが、それらしき人物は出てこなかった。

そもそも、亡くなった人の写真が全部公開されているとも限らない。

そうなると探すのはさらに困難になっていきそうだった。

「十年前の記事にはそれらしいものはないな」

新聞を調べ終えた渉が言った。

「こっちも」

「次は十一年前の分を探してみよう」

地道な作業だったけれど、こうして探し出すしかない。

あたしは再び画面に向き直ったのだった。

「おい、これ見ろよ！」

それは十二年前の記事を探していた時だった。

突然渉の大きな声が図書館内に響き渡り、あたしはビクリと体を跳ねさせた。

「わ、悪い」

渉は周囲を気にしながら新聞を持って近づいてきた。

「何かわかったの？」

「この記事、見てみろよ」

それは地元で起こった行方不明事件だった。

十二年前の正午ごろ、三歳の男の子が行方不明になった。

男の子は直前まで友人たちと公園で遊んでいて、突如として姿が見えなくなったらしい。

当時、現場付近に子供たち以外のひと気はなく、目撃者もいなかった。

新聞には男の子の顔写真と名前も載っていた。

その名前に悲鳴を上げそうになり、慌てて両手で口を覆った。

《松田彰くん……三歳》

新聞にはそう書かれ、三歳の幼い彰の写真が載っていたのだから……。

渉が持ってきた写真と三歳の彰の写真を比べてみると、たしかにその顔はそっくりだった。

「彰が十二年前の行方不明の少年？　でも、彰はちゃんと見つかってるよね？」

あたしは自分の頭が混乱してくるのを感じた。

「次の新聞を見てみろ」

渉に差し出された新聞を確認すると、《行方不明少年の遺体発見》と大きく書かれているのが目に入った。

それは紛れもなく彰の事件で、彰の遺体が用水路から引きあげられたことを綴《つづ》っていた。

「どういう……こと……？」

あたしは何度もその記事を読み直した。

何度読んでみても、その新聞には三歳の彰が亡くなったと書かれているのだ。

でも、そんなのおかしい。

だって彰はあたしたちと一緒に学校へ行っているのだから。

あたしはパソコンに向き直り、彰の名前で検索をした。

すると、当時の事件に関係したサイトがズラリと表示される。

そのどれを確認してみても、松田彰は三歳のころに亡くなっていると書かれているのだ。

「なんで？」

ますますわからなくなっていく。

彰は三歳のころ亡くなっていた？

それならあたしたちが一緒にいた彰は誰？

「そうだ、病院に行ってみようよ！」

思いついてあたしは言った。

「病院？」

「そうだよ。彰、風邪で入院してたじゃん。入院してたってことは彰がちゃんと生きてるってことでしょ?」

入院するためにはいろいろな書類も必要になるし、保険証だって必要だ。

亡くなっている人間が入院するなんて、不可能だ。

「そうか。行ってみよう」

あたしたちは十二年前の記事を印刷し、それを握りしめて病院へ向かったのだった。


彰が入院していた病室を、あたしも渉も覚えていた。

足音を響かせながらまっすぐにその病室へ向かう。

しかし、一番端のその部屋に辿りついた瞬間、あたしたちは唖然としていた。

真っ白なドアに張られたプレートには《道具室 関係者以外立ち入り禁止》と書かれていたのだ。

あたしたちは何も言えないままその場に立ち尽くしていた。

もしかしたら、彰が退院したあとに病室から道具室へと変わったのかもしれない。

そんな小さな期待を持ち、あたしは通りかかった看護師さんに声をかけた。

「あの、この部屋ってつい最近まで病室でしたよね?」

奇妙な質問をするあたしに看護師さんは眉を寄せ、そして「いいえ」と、左右に首を振った。

「ここは病院ができた時からずっと道具室ですよ？　どうかしましたか？」

眉を寄せたまま説明されて、あたしは渉と顔を見合わせた。

「そんなはずないんです。ここに、あたしたちの友人が入院していたんです」

必死になり、道具室を指さして言った。

「そんなことありえません。ここは病室じゃないんですから、患者さんの出入りはできませんから」

きつい口調で言いきられて、あたしは黙り込んでしまった。

看護師さんはまるであたしたちから逃げるように、ナースステーションへと戻っていってしまった。

「そんな……」

「病室、俺たちの記憶違いってことはないよな？　ここで合ってるよな？」

渉はブツブツと呟いて周囲を見回している。

たしかにここで間違いないはずだ。

「彰はこの世に存在していない。写真のモヤの正体は、死んだ彰の霊……」

あたしは呟いた。

モヤの正体が彰である可能性がほぼ確実となり、愕然《がくぜん》とする。

「な……んで、こんな……？」

道具室の前で立ち尽くして呟くあたしの手を、渉が握った。

「とにかく、病院から出よう」

そう言われ、あたしは呆然としたまま歩き出したのだった。

それから、あたしと渉の二人は一度病院の中庭へ移動してきていた。

愛子が捨ててしまった写真を探しにきたのだけれど、やっぱりゴミは回収されたあとだった。

「これで、全員分の写真が集まることはなくなったんだね……」

もし、全員の写真を集めることができて、供養できれば状態は好転したかもしれないのに……!

「他に、自分たちの身を守る方法を探さないと……」

あたしたちは近くのファミレスに来ていた。

渉が適当に注文をしてくれている間、あたしは彰との思い出を振り返っていた。

彰とあたしたちは赤ちゃんのころから知っている。

同じグループではなかったけれど、会話くらいしたことはあった。

だけど、彰と出会った時のことを思い出そうとしても、記憶は曖昧にぼやけて見えなくなってしまった。

それは幼いころの記憶だから薄れているのだろうと思ったけれど、どうも違う。彰のことを思い出そうとすればするほど、今までの記憶までボロボロとこぼれ落ちていってしまうのだ。

「渉、彰は本当に死んでるの？」

「あぁ。そういうことになるよな」

渉はスマホを取り出し、また当時の事件について調べていた。

彰が公園から突如消えて、用水路で死体となって見つかった事件。

その真相は、いまだ闇の中のようだ。

「じゃあ、あたしたちの前にいた彰は？　彰との記憶は？」

「記憶はおそらく作られたものなんだろう。実体化して見えた彰は本人か、あるいは別の強い霊が彰の名前を借りてこの世に出てきたのかもしれない」

渉は時々頭を抱えるようにして考えながら言った。

渉でもわからないのだ。

「仮に彰本人が姿を見せていたとして、どうしてそんなことをする必要があったの？」

「そこまではわからない……」

そう言い、渉は写真を取り出した。

身を乗り出して確認してみると、モヤが彰だとハッキリ見えるようになっていた。

けれど、それよりももっと大きな変化が表れていたのだ。

あたしたち全員の顔が歪んでいたのだ。

「マジかよ……」

それを見た瞬間、渉の顔が青ざめた。

あたしも渉も。

全員の顔が和夫たちと同じように歪んでいる。

「あたしたち、全員死ぬってこと？」

そう聞くと、渉は黙ったまま何も言わなかったのだった。

記憶

あたしたちは全員死んでしまうかもしれない。

何者かの力によって殺されてしまうかもしれない。

その正体は彰かもしれない……。

いろいろな考えが頭の中でグルグル回っていて、ロクに眠ることができなかった。

あの記事のとおりであれば、彰は三歳のころに亡くなっているのだ。

彰はあたしたちを妬《ねた》ましいと感じているのかもしれない。

あの丘で撮影したあたしたちをどこかで見ていて、それは憎しみに変わったのかもしれない。

同じ街で産まれ、同じように育つはずだったのに、自分だけ置いていかれたように感じたのかもしれない。

でも……。

それであたしたちを殺すなんて納得できないことだった。

それに、どうしてこのタイミングで彰が現れたのかもわからない。

高校に入学したあたしたちを見て、突然妬みが爆発したんだろうか？
今まで何も起こらなかったのに？
どう考えてみても、どこかに矛盾点があり、それ以上考えることができなくなってしまう。
何もわからないまま、朝が来た。
眠れなかったのは渉も同じようで、朝一番にメールが来た。
《渉：今日、直接彰に話を聞きに行こう》
《梢：直接って、どういうこと？》
《渉：彰はC組の生徒だ。直接聞きに行くことができる》
その文面にあたしは目を丸くした。
昨日から彰の事故についてばかり調べていたから、すっかりそのことを忘れてしまっていた。
本人に話を聞くことができれば、真相に近づくこともできる。
《梢：そうだね。聞いてみよう》
あたしは返事をして、すぐに制服に着替えたのだった。
いつもより早い時間に学校に到着したあたしは、昇降口で渉と合流した。

「彰、まだ来てないかもしれないね」

教室への廊下を歩きながらあたしは渉へ言った。

「そうだな。でも、C組の生徒は何人か登校してきてるから、彰について聞くことくらいはできる」

もうすぐ彰の正体がわかる。

そう思うと少し尻込みをしてしまうけれど、それが一番簡単な方法だった。

緊張しながら渉の後ろについてC組へ向かうと、数人の生徒たちがすでに登校してきていた。

その中の一人を呼んで彰について尋ねた時、その女子生徒は怪訝な顔をして首をかしげたのだ。

「彰？　誰それ？」

その答えにあたしと渉は顔を見合わせた。

冗談で知らないフリをしているのかもしれないけれど、そんなことをする理由がなかった。

「彰はたしか、窓際の一番後ろの席だったよ。ほら、前から七番目の席の――」

そう言ってC組の教室を覗き込み、あたしはまたも言葉を失ってしまった。

C組の窓際の席は六席しかなかったのだ。

「窓辺の列は六席しかないよ？」

Ｃ組の生徒はますます首をかしげてキョトンとした表情になっている。

「嘘、なんで？　ほら、ちょっと前にＣ組で倒れた生徒がいるでしょ⁉」

あたしがどれだけ必死に説明しても、彰という存在はＣ組から完全に消えてなくなっていたのだった。

それでも信じられず、Ｃ組のクラス名簿と集合写真を見せてもらった。

どちらにも彰の名前はなく、その姿も写っていない。

あたしと渉に感づかれてしまったから、消えたのかもしれない。

「ねぇ、大丈夫？　他のクラスと間違えてない？」

クラス名簿を前にして呆然と立ち尽くしているあたしに、Ｃ組の生徒が心配そうに言ってくれた。

「ありがとう、大丈夫だよ……」

そう返事をして教室へ戻ろうとするが、体がフラついてうまく歩けない。

「ちょっと休んでから行きなよ」

「うん。でも大丈夫だから」

あたしは渉に支えられるようにしてＣ組の教室をあとにした。

「彰の存在は記憶から完全に消え去ってるんだな」

Ａ組へ戻ってきて、渉はため息と同時に言った。

「あたしたちが、彰が死んでるってことに気がついたせいなのかな？」

「そうかもしれない。でも、これで彰はいなくなったんだ。俺たちは助かるんじゃないか？」

渉の言葉に一筋の光が見えた気がした。

「そっか。そうだよね？　彰はもういない。あたしたちを怨《うら》んでいい人間はもういないんだもん！」

「ああ。彰は俺たちを呪い殺すことをやめて、帰ったんだ」

「あたしも、そう思う！」

でも……。ふと、不穏な気持ちが湧き上がってきた。

彰はいなくなったのになぜ、あたしと渉の記憶は元に戻らないのだろうか？

本当に、彰が原因なんだろうか？

「梢、難しい顔してどうした？」

「ううん。なんでもない」

嫌なことを考えるのはやめよう。

そう思い、あたしは無理やり笑顔を作ったのだった。

過去

彰が消えたとわかったこの日は、何事もなく一日が過ぎていった。

今までの出来事なんてまるで嘘みたいに、平和でおだやかな日。

あれから何度かC組に顔を覗かせてみたけれど、やっぱり誰も彰のことを覚えていなかった。

その事実はやはりあたしの心に引っかかる。

あれだけ次々と仲間たちを呪い殺していった彰が、こんなに簡単に諦めた理由はいったいなんだったんだろう?

そんな疑問を抱えたまま家へ帰ってくると、ちょうど買い物から戻ってきたお母さんと鉢合わせした。

お母さんは玄関の鍵を開け、あたしを中へ入るように促した。

家にいたところで何も解決なんてしないのに……。

重たい気持ちで玄関に入った時だった。

玄関先に、あの写真が置かれていることに気がついたのだ。

あたしはハッとしてその写真を手にした。

間違いない。

あの時の集合写真だ。

「これ、どうして⁉」

あたしの後ろからお母さんが悲鳴に近い声を上げた。

「ちゃんと供養してもらったのに！」

そう言い、あたしの手から写真を奪い取る。

その顔は真っ青になっている。

「……戻ってきたんだ」

「え？」

あたしは呆然としながらも言った。

お母さんは怪訝そうな表情を浮かべる。

「戻ってきたんだよ、写真が」

「何を言っているの？」

「ねぇお母さん、このモヤの人は彰なんでしょう？」

「梢……あんた、思い出したの？」

お母さんの目が大きく見開かれる。

あたしは小さく頷いた。

本当は何もわからないままだったけれど、嘘をついたのだ。

けれどその瞬間、お母さんの口がわななかった。

何かを爆発させるようにあたしの両肩を掴む。

その力があまりにも強くて、あたしは驚いてお母さんを見た。

「大丈夫よ、きっとあんたは大丈夫だから！」

「大丈夫って？　それってどういう意味？　ねぇ、お母さんはいったい何を知っているの？」

そう聞くと、お母さんは視線を泳がせ、やがて諦めたようにため息を吐き出した。

「話をしてあげるから、リビングへ行きましょう」

そう言って先を歩くお母さんの背中は小さく震えていたのだった。


松田彰。

彰はあたしたちの近所に住んでいた子供だったらしい。

あたしと愛子と理子と准一と和夫と渉と……彰。

あたしたちは同じ時期に公園デビューをした。

まだ小さくてベビーカーに乗っていたころの話だ。

母親たちに引き合わされたあたしたちは、当然のように友達になり、公園へ行くたびに一緒に遊ぶようになっていた。

ある日、いつもどおりあたしたちは公園に集合し、遊んでいた。

最近の流行は色鬼だった。

あたしたちだけでは理解できない遊びだったけれど、公園に来るお兄さんやお姉さんたちに教えてもらい、一緒に遊ぶことで覚えていった。

その日も、小学生のお姉さんやお兄さんたちと一緒になって色鬼で遊んでいた。

たくさんの人がいたから、お母さんたちは会話に夢中になってしまった。

あたしたちから目を離してしまったのだ。

「なーにいろー?」

その呼びかけに「白色!」と答える和夫。

だけど公園内にある白色は限られていて、みんな一斉に白色を探して走り出した。

気がついた時には彰はいなくなっていた。

「待って、お母さん」

あたしは話を聞きながら疑問ばかりが浮かんできていた。

公園にはたくさんの人がいた。

母親も、小学生の子もいた。

それなのに、誰もわからないうちに彰だけいなくなったりできるだろうか？

どう考えてみてもおかしかった。

それに、お母さんはさっき『きっとあんたは大丈夫だから』と言ったのだ。

あたしたちに関係のないところで彰が行方不明になっていたとすれば、そんな言い方はしないはずだった。

「梢……」

お母さんは困ったように空中へ視線を漂わせた。

「何を隠してるの？　本当のことを教えてよ‼」

そうじゃないと、あたしたちはいつまでたっても何もわからないままだ。

お母さんは大きく息を吸い込むと、「このことは絶対に誰にも話してはいけないの」と、あたしの目を見て言った。

「お母さんが今から話すことは、すぐに忘れること。いい？」

そんな重要なことを忘れられるわけがない。

お母さんだって、そのことを理解していてこんな言い方をしているのだ。

知らないほうがいいと、忠告してくれているのだ。

いまならまだ何も知らないまま引き返すことができる。

だけどあたしはお母さんをまっすぐに見返して「わかった」と、頷いたのだった。

この街には闇丘がある。

それはつい最近まで木に覆われていて、とても陰湿な場所だった。

その丘には元々立ち入り禁止の看板があった。

それは今ではとても劣化してしまっているけれど、闇丘に足を踏み入れる地元の人はいなかった。

足を踏み入れてしまうのは、この街の歴史を聞かされていない子供たちと、他の県から来た人くらいなものだった。

「どうして闇丘っていう名前がついたか、わかる?」

「暗い場所だったからでしょう?」

「違うのよ。あの丘に街にある闇をすべて置いてきたからなのよ」

「街の闇……?」

「そう。昔でいえば不作だとか、食べ物がないといった悪いこと。最近で言えば犯罪のような悪いこと」

「そういう街で起こる悪い出来事を丘に置いておくってこと?」

「そうよ。あの丘が悪い部分を全部吸収してくれる。昔の人たちはそう信じていた。そしてそれは、十二年前までずっと信じられていた」

十二年前。

彰が亡くなった年のことだ。

あたしは緊張で口の中がカラカラに乾燥するのを感じていた。

「丘に街の悪い部分をすべて吸収してもらうために、年に一度お祭りがあったのよ。闇丘祭りといってその祭りに参加をすれば、一年間悪いことは起こらないと言われていたの」

「そうなんだ」

そんな祭りはよく聞かれることだった。

昔の雨乞いがそのまま祭りになって、今でも続いている場所もあるだろう。

「闇丘の祭りは他のお祭りとは少し違っていたのよ」

「違う？」

あたしは首をかしげてお母さんを見た。

「そう。悪いことを吸収してくれる丘に、純粋で穢《けが》れのない子供を一人置いて帰るの」

「へ……？」

「もちろん、朝になれば迎えに行くんだけどね、夜の間、子供は一人で闇丘に残ることになる」

「なんで、そんなことを？」

そんなかわいそうなこと、とてもじゃないけれどできない。

「闇丘ばかりに悪いことを吸収させていると、いつか闇丘の容量を超えてしまう。だから、純粋で穢れのない子供に少しだけ闇丘の悪いものを取ってもらう。そういう意味合いがあったらしいのよ」

「十二年前まで、そんなことをしてたの？」

「そうね。とても残酷だったと思うわ」

お母さんは眉をひそめて言った。

そして、話を続ける。

「あの日も闇丘祭りが近かった。今度は誰の子が闇丘に取り残されるんだろうって、みんな不安だった。

自分の子はやっぱりかわいいから、あんな丘に置き去りになんてできないと思ってた。そんな時、彰くんがあの公園で事故に遭ったのよ」

その言葉にあたしは頭痛を感じた。

夢の中で見た、忘れていた映像が蘇ってくる。

公園の外で大きなトラックが事故を起こした。

トラックの影から、倒れている子供が見えた。

それが、彰……？

白色を探して、公園の外へ出ていく彰の様子が、ありありと脳裏に浮かんできた。

「彰くんはすぐに病院に搬送されたけれど、ダメだった。そんな時、彰くんのお母さんが、あの闇丘祭りに彰くんを置き去りにしていいって申し出てくれたのよ」

「でも、彰はその時にはもう……」

「えぇ。亡くなっていた。だけど、みんなに彰くんのことを覚えていてほしいっていう両親の強い想いがあったの。街のみんなは反対したけれど、自分の子供を差し出すのが嫌な親は賛成した。そうして、彰くんの遺体は闇丘に置かれることになったの」

「そんな……」

「さすがにね、一人きりにはならないように配慮されたの。ほら、野犬が来てもいけないしね。彰くんの体は設置されたプレハブの中に入れられていたし、見張り役の大人も一人いた。

だけど朝になって確認してみると、その遺体がなくなっていたのよ」

「彰の遺体は、どこで見つかったの？」

あたしは記事を思い出しながら聞いた。

彰の遺体は用水路から見つかったと書いてあった。

「彰くんの家の近くの用水路よ。みんな、彰くんは家に帰ろうとしたんじゃないかって、噂してた。人の監視がある中で死人が歩いて移動するなんてありえないけれど、実際にそういうことが起こったのよ」

その後、闇丘祭りはなくなった。

彰の事件も真実が表沙汰にされることはなく、行方不明として書かれたそうだ。

彰のお母さんが、そう望んだらしい。

「彰くんは、きっと街の人たちを憎んでいるのよ。だから闇丘で撮影した写真に出てきたんだと思う。だけどね、悪いのは子供たちじゃなくて、親たちなのよ。だからきっと梢は大丈夫」

お母さんは自分自身に言い聞かせるようにして言い、あたしの体を抱きしめたのだった。

用水路

お母さんから聞いた話が衝撃的すぎて、あたしはすぐに渉に連絡する気にはなれなかった。

彰がいなければ、闇丘祭りで闇丘に置き去りにされる子供は、もしかしたら自分だったかもしれないのだ。

そう思うと背中に寒気が走った。

翌日は学校が休みだった。

あたしと渉は昼ごろにいつものファミレスに集合し、あたしは昨日お母さんから聞いた話をした。

「そんな祭りがあったんだな」

渉は真剣な表情で言った。

「うん。十二年前なんて、すごく最近なのにね」

もっと昔の闇丘祭りがどんなものだったのか、想像するのも恐ろしかった。

もしかしたら、子供の生贄《いけにえ》を捧げていたのかもしれないのだ。

「彰はその時、親に置き去りにされたことを怨んでたのかもしれないな」

「あたしもそう思ったんだけど、それなら大人たちに復讐《ふくしゅう》すると思わない？」

そう言うと渉は難しい表情になった。

「それもそうだよな。いくら俺たちが仲よかったからって、全然関係ないのに殺すなんて変だよな」

「だよね？　あたしたちが狙われた原因って、他に何かあるのかもしれないよ」

「そう言ってもなぁ……」

渉は呟いてガリガリと頭をかいた。

そして、あの時の集合写真をポケットから取り出して、テーブルに置いた。

「俺たち二人の顔は、これ以上変化してない。だから、もう終わりなんじゃないかと思ってるんだけどな」

たしかに、あたしと渉の顔は途中から変化を止めていた。

それは、呪いが途中で消えたことを意味するようにも見えた。

でも、この写真を見ているとどこか嫌な雰囲気がする。

呪いが終わったのなら、こんなに嫌な雰囲気がしなくてもいいのに……。

あたしは、しっかり目を凝らして写真を見つめた。

顔の歪んだ友人たち。

あたしと渉と、そしてモヤとして出てきた彰……。

「やっぱり、あたしにはわからない」

あたしはそう言い、左右に首を振った。

強い霊感があれば、この嫌な雰囲気の正体を掴むことができたかもしれないのに。

「もう考えるのはやめよう。終わったんだよ」

「そうだね。でも、彰のお墓くらいは行ってもいいんじゃない？」

昨日、あたしの家にはこの写真が舞い戻ってきている。

彰にはまだ伝えきれていない、何かがあるんじゃないだろうか？

あたしは、そう感じていたのだった。


あたしは渉とともにいったん自宅へと戻ってきていた。

彰のお墓へ行きたくても、どこにあるのかがわからない。

彰の実家へ行ってみようかとも思ったのだけれど、その場所もやはりわからなかった。

結局、親世代の誰かに力を借りなければいけないのだ。

「ご無沙汰してます」

買い物から戻った母親に挨拶をする渉に、お母さんは驚いた顔をしていた。

「ごめんなさい、お母さん。あたしたち、どうしても彰のことをもっと知りたくて、それで……」

「渉くんにもあのことを話したのね？」

呆れたように言うお母さんに、あたしは素直に頷いた。

「俺も、もっとちゃんと彰のことを知りたいんです。じゃないと、納得できない」

渉はそう言って握り拳を作った。

そこには友人たちを連れていかれた怒りや、悲しみが滲み出てきている。

「彰くんのことはもう全部説明したわ。他に、何が知りたいの？」

「彰のお墓に行きたい。ちゃんと手を合わせて、供養したい」

あたしは言った。

本当は同じように成長するはずだった彰。

その彰のことを考えると、胸が痛んだ。

「わかった。それじゃ、今から彰くんのお墓へ行きましょう」

お母さんは諦めたように言ったのだった。

お母さんに連れていかれたのは街から離れた場所にある墓地だった。

きれいに掃除されている墓地は小さな花がたくさん咲いている。

その中に、彰の眠っているお墓があった。

十二年前、事故に遭って亡くなった彰。

その後、闇丘祭りで丘の上に連れていかれ、きっととても寂しかったのだろう。

彰は自分の体が死んでしまっていることに気がつかず、あそこまで帰ってきたのだ。

家に辿りつくまで、あと少しだったのに……。

考えると自然と涙が出てきた。

あたしはお墓を掃除し、花とお線香を添えて手を合わせた。

お母さんは終始涙をこぼしていた。

この中で一番罪悪感に駆られているのは、きっとお母さんだろう。

「彰、今まで忘れててごめんね。あたしたち、ずっと彰の友達だよ」

「彰。どうか親たちを、街の人たちを怨まないでやってほしい。みんな闇丘祭りのことを反省してる。もう二度とあんなことは起こらないから」

その時、暖かな風が吹いて、あたしたちの頭上にピンク色の花びらを運んできたのだった。

最終章

悪い者

それからあたしたちは平和な時間を過ごしていた。

みんなで撮った集合写真は元どおり、笑顔の写真に戻っていた。

右上のモヤは子供のころの彰の顔がクッキリと浮かび上がっていて、あたしたちを見守っているように見えた。

「モヤの正体が彰だったから、モヤを見ていても嫌な感じがしなかったんだね」

教室の中、あたしは渉へ向けて言った。

「あぁ。きっとそうなんだろうな。これがただの悪霊なら、きっと写真を持っているのも嫌になってたと思うぞ」

渉は言い、机の上に出していた写真をカバンにしまった。

愛子がいなくなったA組の教室はとても寂しかった。

今でも時々、愛子が笑顔で教室へ入ってくるのを待っている自分がいる。

だけど、もう二度と会うことはできないのだ。

「梢、大丈夫か？」

黙り込んでしまったあたしを心配して渉が声をかけてくる。

あたしは頷いた。

日常はすべて元どおりになったのだ。

すぐに前を向くことはできなくても、進んでいくしかないんだ。

「あ、そうだ渉。これ返すね」

あたしはネックレスにしていたお守りを外して渉に渡した。

「持ってればいいだろ?」

「ううん。一応は解決したし、今度はちゃんと自分で買いに行こうと思って」

あの神社にもお世話になった。

今度はきちんとお参りに行くつもりだった。

「そうか。じゃあ、次の休みに一緒に行くか?」

「いいの?」

「もちろん。それで、ついでに遊びにでも行くか」

何気なく言ったその一言にあたしは自分の頬が赤く染まるのを感じた。

デートってことだろうか?

聞きたいけれど、聞くのが恥ずかしくて俯いた。

渉は、あたしが返したお守りを大切そうにカバンにしまったのだった。

そろそろ夏が近い。

一人で帰路を歩きながら空を見上げると、そこには夏の入道雲のような雲が浮かんでいた。

夏休みに入ったら渉との思い出をたくさん作ろう。

彰のように、自分の命がいつ尽きてしまうかなんてわからないのだから、後悔しないようにしよう。

そう思いながら視線を横に流れる用水路へと向けた。

あたしたちが彰の存在を思い出し、手を合わせたことで彰の気持ちが晴れたのだと思う。

たくさんの仲間を失ってしまったけれど、あたしと渉には未来がある。

みんなのことは絶対に忘れない。

闇丘祭りで起きていた出来事も、絶対に忘れてはいけないことだ。

再び空を見た。

その時、空から何かが落ちてくるのが見えた。

ヒラヒラと、花びらのように舞い落ちてくる白い紙。

なんだろうと思い立ち止まっていると、徐々にそれがなんなのか見えてきた。

「写真……？」

あたしは呟き、手を伸ばす。

それはまるで生き物のように、あたしの手の中に舞い降りてきた。

「これって……」

見た瞬間、言葉を失った。

同時に激しい動悸《どうき》を感じてその場にうずくまる。

「な……んで……？」

歯がガチガチと音を立て、自分が震えているのだということに気がついた。

空から舞い降りてきたそれは、あたしたちが撮影した集合写真だったのだ。

和夫、准一、理子、愛子、……そして、あたしの顔が歪んでいる。

「なんで？　なんでなんでなんで⁉」

ほとんど叫ぶように言っていた。

学校で見せてもらった渉の写真は、こんなことにはなっていなかったはずだ。

あたしは右上の彰の顔を見た。

彰は、あたしたちを見守っているように見える。

でも……彰の視線を追いかけて写真の下を見てみると……そこには地面があった。

緑色の草原だ。

けれど目を凝らして見てみると、そこには無数の人の顔が浮かんでいたのだ。
写真の下半分を埋め尽くすように浮かんだ顔。
そのどれもが苦痛に歪み、あたしたちに両手を伸ばして引きずり込もうとしている。
『昔、あそこは墓地だったんだよ』
誰かが言っていた言葉を思い出す。
どこでだって人は死んでるよ。
そう言って聞く耳を持たなかったあたしたち。
手がとても冷たくなり、体の震えが止まらなくなる。
『この写真からは『守ろうとする力』と『邪悪な力』の両方を感じる』
神社で聞いた話を思い出す。
そう、この写真には元々二つの霊が写っていたのだ。
それが彰と、墓地の中の霊たち。
瞬間、あたしの中に彰の映像が流れ込んできた……。

二か月前

【彰side】

ふと目が覚めると、俺は歩道に立っていた。
ここがどこだかわからず周囲を見回してみると、近くに見覚えのある公園があった。
砂場の塀に描かれた白いウサギ。
「俺……戻ってきたのか？」
そう呟いて、自分の両手を見おろした。
続いて頬をつねってみると、痛みを感じて驚いた。
死んでから感じることのなかった感覚が蘇ってきている。
草木の香りも、肌に感じる太陽の熱も。
すべてが十二年ぶりのことだった。
「すごい、この世に戻ってきたんだ！」
感極まって大きな声で叫ぶと、通行人の女性が怪訝そうな顔をこちらへ向けた。
ちゃんと、俺の声も届いているみたいだ。

妙な目で見られたことよりも、こうしてここに存在していることがうれしくて、俺は早足で公園へと入っていった。

今は朝の早い時間だから、遊んでいる人は誰もいない。

でも、俺の記憶は一気に蘇ってきた。

『なーにいろー？』

友人たちの無邪気な声を思い出す。

「白色……」

俺は小さく呟き、公園の外へ視線を向けた。

今は何も停まっていない道路。

あの時はそこに、白い車があったんだ。

「白色なんて卑怯《ひきょう》だよなぁ」

呟きながら公園の中をグルリと見回した。

今確認してみても、白色が使われているのは砂場のウサギだけだ。

でも、そこは愛子と梢の二人に占領されていた。

だから俺は、道路に出てしまったんだ。

事故を起こした相手は法的にちゃんと処分されたけれど、今思い出してみればあれは突然飛び出した俺に非があった。

死後、この世界で起こっていた出来事を思い出すと胸が痛くなり、俺は気を取り直すように大きく息を吸い込んだ。

神様がもう一度この世へ来ることを許してくれたんだ。

いつまでも干渉に浸っている暇はなかった。

俺はまず公園のトイレに入り、自分の姿を確認した。

今の俺は梢たちと同じ制服に身を包み、完全な高校生の姿になっていた。

学生服の胸ポケットに入っている学生証を確認すると、一年C組と書かれていた。

みんなの記憶も改ざんされて、俺が学校へ行っても違和感はないはずだ。

「みんな待ってろよ。絶対に、助けてやるからな……」

友人たちが闇丘で記念撮影をしたのは、入学式当日だった。

それより以前から世間では行方不明になった少女、里子ちゃんについてのニュースがひっきりなしに行われていた。

毎日一〇〇人近い捜索隊が出動し、里子ちゃんの足取りを追いかけていた。

でも、俺はもう知っていた。

……里子ちゃんはこの世にはいないことを。

下校途中の里子ちゃんはある男に連れ去られたあと自宅に監禁され、三十日間あらゆる暴行を受けてきた。

空の上から見ているだけの俺には何もできなかったけれど、それは本当にひどい事件だった。

闇丘で行われていた、自殺者を利用しての臓器売買がかわいく見えるほどだ。

里子ちゃんの事件は未解決で、犯人も里子ちゃんも見つかっていない。

だからこそ、今闇丘に行くことは許されなかったのだ。

それが、俺の友人たちは何も知らず、足を踏み入れてしまった……。

暗い気持ちになってしまったけれど、もう二度と会えないと思っていたみんなが通っている高校の前に立つと、気分が湧きたつのを感じた。

生きていれば、俺も本当にこの高校の生徒になっていたかもしれないんだ。

みんなと一緒に登下校をして、部活をして、授業を受けて。

そんな毎日があったかもしれないんだ。

「どうしてあの時、俺は道路に出ちゃったんだろうなぁ」

今さらながら、ひどい後悔が湧き上がってきた。

生きていればたくさん苦労する。

その分、楽しみだってたくさんあることを、雲の上から知った。

校門をくぐろうとしたその時、どこからともなく声が聞こえてきた。

「自分の正体はバレてはいけない。バレてしまったら、それまでだ」

優しい男の声に、俺は空を見上げて頷いた。

「わかってる。ちゃんとみんなを救ってみせるから」

俺は雲の上のその人に返事をして、校門をくぐったのだった。


校内は見るものすべてが新鮮だった。

空の上から見ているだけだった場所に、今自分が立っている。

しかも生徒の一人としてだ。

そのことが不思議に感じられてならなかった。

緊張しながらC組のドアを開けると、クラスメートたちがこちらへ視線を向け、そして笑顔になってくれた。

「よぉ彰！　おはよう！」

もう二度と会えないと思っていた和夫が、片手を上げて元気よく挨拶してくる。

「あぁ……おはよう和夫」

和夫の笑顔が目の前にあることに、胸がいっぱいになっていく。

思わず涙が出そうになって、目の奥にグッと力を込めた。

准一も、理子もいる。

あの丘で写真を撮ってしまったあとだけれど、みんなまだ元気そうだ。

でも……俺はジッと和夫の後ろを見つめた。

和夫に覆いかぶさるようにしてくっついている、真っ黒なモヤが見える。

モヤは人の形をしておらず、煙のようにも見える。

しかし次の瞬間、そのモヤがカッと目を見開いたのだ。

黒目のない真っ白な目が俺を睨みつけている。

「全員、殺してやる」

モヤは俺にしか聞こえない声で、憎しみの言葉を呟いたのだった。

行方不明中の里子ちゃんは散々暴行を加えられたあと、手足を縛られた状態で生き埋めにされた。

その場所が、あの闇丘だった。

運が悪いことに友人らはそれを知らず、里子ちゃんの上に立って記念写真を撮影してしまった。

しかも、霊感体質の梢と渉が一緒にいた。

成仏していない里子ちゃんの魂は、二人の霊力に引きずられるようにして体から抜け出し、ついてきてしまったのだ。

授業中、俺は前の席の和夫をジッと見つめていた。

背中には相変わらず里子ちゃんの魂がベッタリとくっついていて、和夫は自分でも気がつかないうちに猫背になっている。

「なんか、体が重たい」

和夫が言ったのは昼休憩中だった。

梢や渉たちもC組へやってきて、みんなでお弁当を広げている最中だった。

「もしかして勉強のしすぎ？」

理子がからかうように言うと、和夫は真剣な表情で「そうかもな」と、返事をしている。

「和夫が勉強なんかしたら槍《やり》が降る」

准一が真顔でそんなことを言っている。

みんな笑い声を立てているが、和夫本人は本当に辛そうな顔をしている。

和夫から少し視線を上げて見ると、モヤと視線がぶつかった。

あっちも、俺が生きた人間でないことに気がついているのだろう。

真っ白な目を見開き、今にも噛みかかってきそうな雰囲気があった。

このまま和夫の背中に乗り続けていると、近い未来に何かしらの影響が出るのは間違いなかった。

「和夫、ちょっといいか？」

みんなが昼を食べ終えたタイミングで、俺は和夫に声をかけた。

「あぁ。なんだ？」

「廊下で話したいことがあるんだ」

真剣な表情で言うと、和夫は「まさか告白かぁ？」と茶化してきた。

けれど、その額にはうっすらと汗が滲んできているのを、俺は見逃さなかった。

ムードメーカーの和夫は体調不良を悟られないよう、誤魔化しているのだ。

どうにか和夫と二人で教室を出た俺は「体調悪いんじゃないか？」と、すぐに質問した。

和夫は少し驚いたように目を丸くして「バレてたか」と、笑う。

その笑顔だってきつそうだ。

俺は和夫の背中にいるモヤを睨みつけた。

モヤは相変わらず俺を敵視しているようで、睨み続けていた。

「じつは今朝からちょっとしんどくてさ」

「どうして無理に登校してきたんだよ」

体力が落ちれば、その分悪霊の思いどおりになってしまう。

「明日から連休だから、大丈夫だろ」

和夫は事態の深刻さに気がついていないようで、そう言って肩をすくめている。

「連休前に神社に行ったほうがいい」

「は？　神社？」

和夫は俺の言葉に首をかしげている。

突然神社の話なんかされても、混乱するだけだろう。

だけど、時間がない。

俺が一緒にいる時はどうにか悪霊の力を押さえることができる。

でも、連休中はそれが無理だった。

「お守りを貰うんだ。それを持っていれば少しは変わるはずだから」

「お守りで体調不良が治るのか？」

「完全には無理だと思う。でも、効果はある」

「なに言ってんだよ彰」

ここまで真剣に話をしてきたのに、和夫は噴き出してしまった。

「本当なんだ！　騙されたと思って神社へ行ってくれ！」

神聖な場所に悪霊は入ることができない。

その壁を越えて神社へ入ることにだって、意味があった。

運がよければ神社の結界によって、悪霊が振り落とされてくれるのだ。

「まるで俺が呪われてるみたいな言い方だな」

和夫が言った瞬間、モヤが和夫の首に両腕を絡みつかせ、真っ赤な舌を覗かせて笑みを浮かべた。

こいつ、俺を挑発してるのか。

和夫は息苦しそうに首まわりを気にしている。

「とにかく、早く行くべきだ」

「わかった。そこまで言うなら、神社に行ってみるよ」

和夫の返事に、ようやく安堵したのだった。


それから、俺が次に目覚めたのは五日後の朝だった。

気がつけば、この前と同じように制服姿で歩道に立っていた。

視線を上げると懐かしい公園があり、周囲はオレンジ色に染まってきている。

公園の時計を確認すると、時刻は午後五時を過ぎたところだった。

「和夫……」

不意に思い出し、呟いた。

同時に和夫に取りついている悪霊の顔を思い出し、身震いをする。

強い恨みを抱えた悪霊はちょっとやそっとじゃ離れない。

お守りを持っていたからといって安心はできなかった。

俺はその足で和夫の家へと向かうと、家全体が真っ黒なモヤに包まれているのが見えた。

思わず息をのみ、手前で足を止めていた。

濃くて深いモヤ全体から強い怨念を感じて、一歩も足を動かすことができなかった。

和夫はお守りを貰いに行ったはずだ。

それなら、悪霊の念がここまで膨れ上がるはずがないのに……！

混乱する中、自分の目で和夫がお守りを貰っているところを見ていないことに気がついた。

和夫にお守りを貰うよう促したあと、俺は五日間も眠っていたのだから当然だった。

「和夫……！」

俺は家の外から声をかけた。

その瞬間、家を取り囲んでいるモヤがグネグネと動き、カッと目を見開いた。

それは和夫の背中についていたモヤで間違いなかった。

「和夫！」

もう一度、声をかける。

しかし、中から誰かが出てくる気配は感じられなかった。

次の瞬間、「無駄だ‼」と、地響きがするような声が聞こえてきていた。

とっさに自分の身を守るようにしゃがみ込んだ。

モヤの一部がロクロ首のようにグンッと伸びて、俺の頭上まで接近してきているのを見た。

モヤは大きく口を広げ、襲いかかってくる。

恐怖心からきつく目を閉じたその瞬間。

「誰?」

そんな声がして家のドアが開き、同時にモヤが消えていた。

そっと立ち上がって玄関のほうへ視線を向けると、家から出てきた和夫の母親が立っていた。

人の気配を感じたから、モヤはとっさに姿を消したのだろう。

和夫の母親は疲れた顔をしているが、体は元気そうに見えた。

「あの、和夫は……」

おずおず聞くと、和夫の母親は何も言わずに左右に首を振った。

「体調、悪いんですか?」

「えぇ。まだ四十度の熱が続いているの」

「四十度……」

俺が和夫の体調を心配したのは金曜日のことだった。

それからずっと悪いままだということは、やはりお守りは貰わなかったのだろう。

俺は奥歯を噛みしめ、拳を握りしめた。

せめて俺がもっと完全な状態でこの世に戻ってこられていれば……！


強い後悔を抱いたまま、俺はまた歩道に立っていた。

ハッと息をのんで顔を上げると、いつもの公園があった。

太陽はまだ高い位置にあり、時計は午後一時を指している。

今は何日だろう？　あれからどのくらい経過した？

焦る気持ちに後押しされるように和夫の家を目指そうとした時、公園の入り口にモヤが見えた。

それは小さな少女の形をしていて、俺は足を止めていた。

黒いモヤの中には真っ白な目がポカンと浮いていて、それは俺のことをジッと見つめている。

「大場……里子……？」

震える声で聞くと、モヤは大きく目を見開いた。

そして「もう、遅い」と言ったのだ。

「え？」

聞き返した瞬間、モヤは跡形もなく消え去ったのだった……。

和夫の家へ向かった俺は、玄関に出されている忌中紙《きちゅうし》に気がついた。

「嘘だろ……」

最近少なくなってきたこの紙が意味することを、俺は知っていた。

和夫が死んだ。あの悪霊によって殺されたんだ‼

せっかく、みんなを守るためにこの世に戻ってきたのに！

「あああああああああああ‼」

叫び声を上げた瞬間、俺の意識はまた途切れた。


俺はぼんやりと歩道に立っていた。

和夫が死んでから、また数日経過したようだ。

ずっとこっちの世界にいたいけれど、どうもそうはいかないようだ。

俺がいない期間もこっちの世界ではいいように記憶が改ざんされ、なんの違和感も持たれていない。

「早く、あいつらのところに行かないと……」

俺は呟き、足早に学校へと向かったのだった。

学校へ到着した時、嫌な雰囲気を感じて一年A組へと足を進めた。

A組には梢と愛子、それに渉がいる。

A組のドアの前から教室内の様子を確認してみると、梢と渉が二人で会話しているのが見えた。

心なしか、二人とも顔色が悪い。

そういえば、A組の授業は次が体育のはずだ。

着替えに行かず教室に残っているということは、二人は体育を休んだのだろう。

そう考えていた時、二人の間にあの黒いモヤが見えたのだ。

モヤはジッと二人へ視線を向けて、恨めしそうに目を細めている。

「あいつ、次はあの二人を狙ってるのか」

だとしたら、二人の体調が悪そうに見えるのは勘違いなんかじゃない。

和夫の時と同じように、二人の体力を徐々に奪って殺してしまおうとしているに違いなかった。

その時、モヤが俺に気がついて顔を向けた。

「来いよ。お前の相手は俺だろ?」

小さな声で言った。

誰にも聞こえないくらいの声だったはずが、モヤが大きく目を見開いた。

真っ赤な口を開けて俺に向けて迫ってくる。

モヤが俺の目の前までやってきたのはほんの一瞬の出来事で、逃げる暇はまったくなかった。

あっという間に距離を縮められたと思った次の瞬間、俺の体の中に強烈な衝撃があり、その場にしゃがみ込んでいた。

モヤが俺の中に入ってきたのだ。

一瞬にして体が重たくなり、寒気が走り始める。

でも、梢と渉の二人を確認してみるとさっきよりも顔色がよくなっているのがわかった。

それを確認して、ホッとため息を吐き出した。

「悪霊は、ずっと俺の中にいればいい」

そう呟き、俺はA組から離れたのだった。

モヤを自分の中に取り入れたことが原因だったのか、次に目が覚めた時、俺は病院のベッドの上にいた。

同時に、軽くなっている自分の体に恐怖心が湧き上がった。

どうして俺はこんなところにいるんだ？

俺の中に入り込んでいた悪霊はどこへ消えた?

その疑問は、梢たちがお見舞いへ来た時にすぐに理解した。

いつも一緒にいた准一の姿が見えなかったのだ。

俺が身動きが取れない間、モヤはターゲットを変えて准一のほうへ行ってしまったのだとすぐに気がついた。

みんなが帰ったあとすぐに病室から抜け出そうとしたが、体に力が入らずそのままベッドに逆戻りしてしまった。

「強い悪霊を体内へ取り込んだことで動けなくなっているんだ。しばらくそこで休んでいれば動けるようになる」

どこからか聞こえてきた声に歯ぎしりをした。

「そんな悠長なことをやってる場合じゃない！　次はきっと准一が狙われる！」

そう言い返して病室を出ようとするけれど、やはり体は思うように動かなかった。

モヤが自分の体に入り込んでいるうちに、一緒に成仏してしまえばよかったのかもしれない。

たとえ自分が、悪霊とともに地獄へ落とされようとも、そうするべきだった。

しかし、今さら悔やんだってもう遅い。

俺の体力はモヤによってすり減らされ、助けないといけない准一は今この場にはいなかったのだった。

悪霊の力が強すぎて、自分の力ではもうどうしようもないのだろうか。

准一が事故死したと聞いたあと、俺は生き残っているメンバーと闇丘へ向かった。

丘に近づくにつれて気分が悪くなり、足が重たくなっていく。

しかし、他のメンバーは顔色一つ変えず歩いていく。

立ち入り禁止の看板があったはずだと怒鳴っても、「だって、あんなのただの看板じゃん」と、言われてしまった。

あの丘がどれほど危険な場所なのか、まったく理解していない様子にため息が出た。

「何？ 彰は何か知ってるの？」

梢に質問されて、一瞬里子ちゃんのことが口をついて出そうになってしまい、慌てて口を閉じた。

里子ちゃんの事件の詳細を俺が知っているなんて知られたら、変に疑われてしまう。

仕方なく、俺は闇丘で自殺者が多いことを説明した。

「あそこで亡くなった死体はいつも誰かにいじられていたって話だ。内臓がごっそりくりぬかれていたり、目玉だけがなくなっていたり。毎回そんな死体が見つかっているから、大人たちもあまりあの丘での自殺の話をしなくなったんだ」

わざと声色を変えて、全員を脅かすように話を進める。

もう二度と、安易な気持ちでここに近づかないようにするためだった。

俺の話を聞いている間、さすがにみんな青ざめた顔をしていた。

「……そんな場所で記念撮影しちゃったんだ……」

理子が今にも泣き出してしまいそうな声で言うので、少しやりすぎてしまったかもしれないと思い、口を閉じた。

でも、このくらい脅かしておかないと、また好奇心で心霊スポットに行ってしまうかもしれない。

本格的に怯えるくらいがちょうどいいんだ。

それから闇丘へ到着すると、すぐに古びた立ち入り禁止の文字が見えた。

全員が、その手前で足を止めて丘を見つめる。

みんなの目には、なんでもない丘に映っていることだろう。

俺は一人、丘の中央をジッと見つめていた。

そこだけ丘の緑が荒らされ、土がむき出しになっている。

みんなは気がついていないけれど、きっとあそこに里子ちゃんが埋められている。

丘の土の中から今にも這い出してきそうな、強い怨念を感じる。

「お供え物とか、持ってきたほうがいいのかな」

理子の提案に、渉が賛同している。

しかしその瞬間、丘の上に黒いモヤが現れた。

それは今まで見てきたモヤの数倍の大きさがあり、丘全体をすっぽり包み込んでしまいそうだ。

みんながお供え物を買うために動き出す中、俺はなかなかその場から離れることができなかった。

「何をしても無駄だ」

大きなモヤの中から聞こえてくる里子ちゃんの声。

この丘には元々たくさんの霊魂がとどまっている。

その霊魂たちは生前、自ら命を立つほど苦しんでいて、死んだあとも臓器をくりぬかれるなどのイタズラに苦しんだ。

里子ちゃんはそんな魂を呼び起こし、自分の味方にしてどんどん力をつけているのかもしれない。

俺は丘のモヤを睨みつけてから、みんなと一緒に歩き出したのだった。


そのあと、俺は一人神社へと来ていた。

ここは渉の親戚が宮司をしている神社だ。

俺は鳥居の前で立ち止まり、境内を見回した。

人影はない。

鳥居をくぐって入ろうとしたけれど、見えない壁が俺の侵入を拒んでいる。

ここは神聖な場所だから、死者の出入りができないよう結界が張られているのだ。

でも、友人たちを守るためにどうしてもここの宮司と話がしたかった。

これ以上犠牲を増やすわけにはいかない。

大きな声を上げて宮司を呼ぼうとした時だった。

ガラガラと民家側の玄関が開き、中から人が出てきたのだ。

その人は手に数珠を持っていて、警戒したように境内を見回している。

「あの！」

そう声をかけると、宮司がこちらに気がついて走り寄ってきた。

「嫌な気配がすると思って出てきてみれば……君は……」

そう言ったきり、青ざめた顔をして口を閉ざしてしまった。

「お願いです！　俺はみんなを助けたいんです！」

宮司の次の言葉を待つ前に、俺は深く頭を下げて言った。

「何を言ってる？　最近この付近で感じる強い霊魂は君のものじゃないのか？　人間の姿になってまで、何を企んでいるんだ⁉」

「それは俺じゃない！　もっと悪質な霊の仕業です！　お願いです、俺の友人たちに最も強力なお守りを用意してください」
そう言い終わった時、再び俺の意識は途絶えたのだった。

どうして、こううまくいかないのだろう。
俺はまたあの公園の前にいた。
太陽は少し傾きかけていて、公園内で遊ぶ子供たちの姿が目に映った。
無邪気に遊ぶ子供たちを見ていると、生きていたころのことを思い出して胸が痛む。
できればもう一度あのころに戻りたい。
それで、みんなと同じ学校に入学して、丘に行くのを止めることができれば……。
そこまで考えて、俺は左右に首を振った。
できないことに思いをはせていても仕方がない。
俺は、今できることを考えないといけないんだ。
「今は放課後になったくらいか。学校に行ってみようか」
自分の気を取り直すように呟いて、大股で歩き出したのだった。

学校へ近づくにつれて嫌な空気を感じ、早足になっていた。

また悪霊が悪さをしていることは明白だったが、今までとは違う強い力を感じる。

校門を入ると嫌な空気は濃さを増して、俺は思わず立ち止まっていた。

学校全体を包み込む黒いモヤ。

そのモヤの根源は校舎裏にあると、すぐにわかった。

嫌な予感を抱えながら走って校舎裏へ向かうと、赤く燃える炎が視界にはいってきた。

焼却炉の前で慌てている梢と渉。

しかし、俺の目は焼却炉の中で笑う理子に釘《くぎ》づけになってしまっていた。

愛子の体を押さえつけ、自分ともども焼かれようとしている。

「取りついてる……」

呪い殺すだけでなく、理子の体まで乗っ取るなんて！

我に返ってかけ出した瞬間、学校中を覆っているモヤが手のように伸びてきて、俺の体に絡みついてきたのだ。

「やめろ！　離せ！」

大声で叫んで暴れてみても、そのモヤはびくともしない。

そのくらい、強い怨念を抱いているということだった。

「彼らは何も関係ないだろ！　どうしてこんなことをする⁉」

そう叫ぶと、不意に炎の中の理子と視線がぶつかった。

そして、理子は今までにないくらいの大きな声で笑い始めたのだ。

地響きが起こるほどの声に、鼓膜が破裂してしまいそうになる。

それでも理子を凝視していると、ドロドロに溶け始めた理子の顔が、暴行を受けて血まみれになった里子ちゃんの顔に変化していくのを見た。

里子ちゃんの右目は眼球がくりぬかれ、下唇も切断されてなくなっている。

体中傷だらけで、ところどころ骨が見えているのがわかった。

大きな口を開けて笑う中から、無数のウジムシがこぼれ出してくる。

「シネ」

里子ちゃんは俺にしか聞こえない声で言い、次の瞬間俺の意識は飛んでいた。

フワフワと体が浮いている感覚だった。

今までの不安や恐怖なんてどこかに消えて、とても心地よかった。

「彰」

名前を呼ぶ声が聞こえてきて、俺は目を開けた。

途端に眩しい世界が目に飛び込んでくる。

周囲は金色の光に包まれ、足元には雲の絨毯《じゅうたん》が敷かれている。

そして俺の名前の呼んだ人は神を名乗るその人だった。

「俺、どうしてここに？　まだ、何も解決してないのに！」

早口で言うと、その人は雲の隙間を覗くように指示を出してきた。

雲と雲の間に映し出されたのは、梢と渉の姿だった。

二人とも深刻な表情をしている。

「この二人はお前の本当の姿に気がつき始めている」

「え……」

雲の隙間から見える二人は、俺が入院していた病室を訪ねているところだった。

「そんな、まだ大丈夫でしょう⁉　俺はまだ誰のことも救ってない！」

「約束は約束だ。もう二度とこの世に行くことは許されない」

「そんな……！　せめて、全員にあのお守りを！　宮司にお願いした、あのお守りを持たせてやってください……！」

現実

【梢side】

幼い姿の彰は悲し気な表情をして目の前に立っている。

周囲の喧騒は掻き消えて、あたしは呆然として彰を見つめていた。

「ごめんね、守れなくて」

彰が言う。

「彰……」

「本当は守ってあげたかったんだ。でも、悪霊の力が強すぎて、ボクじゃどうにもならなかった」

「……あたしたちを守るために、人間の姿になって戻ってきてくれていたの？」

その質問に、彰は頷いた。

「そばにいれば助けることができると思ってた。でも……それでもダメだった。全部、ボクが未熟だからだ」

その言葉にあたしは左右に首を振った。

彰は自分の身を持って守ってくれた。

それなのに、あたしたちが彰の存在に気がついてしまったから、すべてが台無しになったんだ。

「バレたら、もうここにはいられない。ボクはクラスメートたちから記憶を消して、自分も消えることしかできなかった」

「そんな……」

「最後に一つだけ、言いに来た。この子には、気をつけて」

彰はそう言い、写真の下に写っている少女を指さした。

それは数か前から行方不明になったとニュースになっている、あの子にそっくりな顔をしていた。

それに気がついた瞬間全身に悪寒が走り、激しい吐き気に襲われて座り込んでいた。

今までに感じたことがないくらい、嫌な雰囲気を感じる。

写真をしっかりと確認してみると、右上に映る彰は少女へ向けて『やめろ！』と言っているのが聞こえてきた。

あたしと渉は写真のモヤを見ても嫌な雰囲気を感じることはなかった。

それはきっと、彰が守る側の霊だったからだ。

その時、強い風が吹き、あたしの手から写真が飛ばされていった。

同時に目の前にいた彰がいなくなり、現実に引き戻される。

「梢‼　これを持て‼」

そんな声が聞こえてきて振り返る。

渉がこっちに走ってくるのが見えた。

その手にはしっかりとお守りが握りしめられている。

「今、彰が教えてくれたんだ！　少女の悪霊に気をつけろって！」

渉にも、彰の姿が見えたの？

そう聞きたかったけれど、気分が悪くて声を出すことも困難だった。

「理子の様子がおかしくなったのは、きっとこの悪霊のせいだって！　でも、お守りを持っていれば大丈夫だから！」

渉の言葉にあたしは目を見開いた。

そうだったんだ……。

ようやく、わかった。

あたしと渉がこうして通常の生活を取り戻せた理由。

写真のみんなが元に戻った理由。

それは、あのお守りにあったんだ……！

あのお守りは強い悪霊から守ってくれる効果がある。

だから、あたしたちを攻撃することはできないと悪霊たちは諦めていたんだ。

だけどあたしはお守りを返してしまった。

その瞬間を見逃さなかった悪霊たちはすぐに行動を開始し、再び写真で死を予言した……！

どうにか立ち上がると、よろめいた。

体から力が抜けて思うように歩けない。

すぐ目の前に渉がいるのに、近づけない。

もどかしく感じ、あたしは必死に手を伸ばす。

「梢‼」

渉からお守りを受け取るその直前、あたしの体は空中へと投げ出されていた。

後方から迫ってきていた白い車があたしの体を跳ね飛ばし、用水路のガードレールにぶつかって停車した。

すぐ近くにいたはずの渉は無傷で、唖然とした表情であたしを見つめている。

あぁ……。

ごめんね渉。

間に合わなかったよ。

心の中でそう思い、アスファルトに叩きつけられたあたしは、そのまま目を閉じたのだった。

救急車のサイレンが鳴り響く中、どこかの家からニュース番組の音が聞こえ漏れていた。

《○○市で行方不明となっていた大場里子さん十歳の遺体が、発見されました。

発見場所は闇丘と呼ばれる小高い丘で、里子さんの遺体は土に埋められた状態でした。

里子さんは少なくとも四月ごろには殺害され、この丘に埋められたとされています。

また、手足をロープのようなもので縛られ、数日間暴行を受けたのち、生き埋めにされたと見て警察では犯人特定のため……》

番外編

見つかる

「大場里子ちゃん、発見されたみたいだな」

学校の中庭で午後の陽ざしを浴びながら、俺、河西翔太《かわにししょうた》は呟いた。

隣には今お弁当を食べ終えたところの佐藤美津《さとうみつ》がいる。

高校に入学してから初めてできた、俺の彼女だった。

「そうだね。闇丘で見つかったらしいね」

そう言いながら、美津は眠そうに目を細めている。

大場里子ちゃんが行方不明になってから、もう何か月もたっていた。

里子ちゃんは俺たちと同じ県に暮らしていた子らしく、毎日のようにニュースで取り上げられていた。

ようやく見つかった里子ちゃんの体は、闇丘と呼ばれる丘に埋められていたそうだ。

里子ちゃんの遺体が見つかると同時に犯人も特定され、事件は完全に収束していた。

しかしそのニュースは同県に暮らす人々を脅かし、解決した今でも暗い気持ちにさせ続けている。

「闇丘って、今度ちゃんとした公園になるって噂だったよな。そんなところで遺体が発見されたなんて、どうなるんだろうな？」

ふと思い出して、俺は呟いた。

本来暗い場所だった闇丘だけど、木々が伐採されて公共の場になる予定があると聞いたことがあったのだ。

「公園の話はなくなっちゃうんじゃないの？　それじゃなくても、あそこって自殺者が多かったって聞いたことあるし」

「そうなのか？」

闇丘は俺たちの暮らす街にあるけれど、そこに登ったことのある人は少なかった。

俺たちは詳細を知らされていないけれど、暗い過去を持つ場所らしく、あまりいい噂を聞かなかった。

子供のころ、大人たちに『闇丘には近づくな』と念入りに言われていたことを思い出した。

「なぁ、今度闇丘に行ってみないか？」

「えぇ？」

俺の提案に美津は眠気が飛んでしまったように、目を見開いた。

「なに言ってるの翔太。あそこは立ち入り禁止になってるでしょ？」

「事件が起こったばっかりだもんなぁ。でも、手前までなら行けるだろ」

さすがに、事件現場に土足で足を踏み入れるようなことはしない。

だけど、闇丘はそんなに遠くなくて、歩いてだっていける距離だった。

事件現場を見てみたいという好奇心と、どれだけきれいになっていたのか見てみたいという軽い気持ちだった。

「手前まででも、ちょっと不謹慎だよ」

美津は真面目さを発揮して顔をしかめている。

「なんだよ美津、ノリが悪いなぁ」

俺はそう言って美津の肩を叩いた。

「噂で聞いた話なんだけど、他校の生徒が何人かで闇丘に行って、病気になって亡くなったり、事故に遭って亡くなったりしたらしいよ？　闇丘に行ったせいで呪われたんだって」

真剣な表情で言う美津に俺は苦笑いを浮かべた。

そんなデマを信じているなんて、かわいい奴だ。

「大丈夫だって。呪われたとしても、俺がついてるからさ」

呪いや幽霊なんて信じていない俺はそう言って、美津の手を握りしめた。

その瞬間、美津の頬が赤く染まる。

「仕方ないなぁ。行っても、すぐに帰るからね?」

美津は照れ隠しのようにぶっきら棒に言ったのだった。


次の休日、俺と美津は午前十一時ごろ近くのコンビニで落ち合っていた。

「闇丘っていっても木は切られてるし、見晴らしがいいと思うぞ」

片手にコンビニの袋を持って歩きながら、俺は言った。

「だからって、そこでお昼を食べるなんてちょっとなぁ……」

美津は眉を寄せて、コンビニの袋を見つめている。

中にはさっき買ったばかりのおにぎりとお茶が入っていた。

せっかく美津と二人で丘に登るのだから、このくらいの準備をしておかないと楽しくない。

それに、今日の美津は白いワンピースに麦わら帽子という、すごくかわいい格好をしている。

こんな彼女と一緒にいるんだから、ピクニック気分になっても仕方ない。

「嫌なら丘の下にある公園に行こう。そこならいいだろ?」

「まぁ、公園ならね」

美津は渋々といった様子で頷いた。

結局、美津も今日を楽しみにしてきたのだろう。

じゃないとこんなにかわいい格好をしてくるはずがない。

俺は自分のいいように解釈し、美津の手を握りしめて闇丘へと向かったのだった。


闇丘に到着したのは十一時半ごろだった。

「思ってたとおり、見晴らしがよさそうだな」

俺は丘の手前に立ち、周囲を見回していった。

美津も気持ちよさそうに目を細めて景色を見つめている。

「そうだね。でも奥までは行けれないよ？」

釘をさすように言う美津に「わかってるって」と、俺は苦笑いを浮かべた。

きれいな景色とは裏腹に、丘の手前には真新しい立ち入り禁止のテープが張られていて、物々しい雰囲気が残っていた。

「献花くらい、したほうがよかったかな……」

美津が小さな声で呟いた。

丘の手前には献花台が用意され、たくさんの花や飲み物、お菓子がお供えされている状態だった。

好奇心だけでここまで来てしまったことに、美津は後悔し始めている様子だ。

いざ現場を見てしまうと、やはりニュースの内容を思い出して重たい気持ちになってしまう。

俺も、自分たちの食べ物しか持ってこなかったことに、ほんの少し罪悪感がよぎる。

「仕方ないな」

俺はそう呟き、ペットボトルのお茶を二本取り出して献花台に置いた。

そして、美津と並んで手を合わせる。

ピクニック気分はあっという間に消え去ってしまったけれど、真剣に手を合わせている美津を見ていると何も言えなかった。

デートにこんな場所を選んでしまった自分が悪いんだ。

「そろそろ行こうか」

そう言って美津の手を握ろうとした時、強い風が吹き抜けた。

木を伐採された丘の上は遮るものがなく、街よりも強い風が肌に当たる。

飛んでくる落ち葉に目を閉じた時、「あっ！」と、美津が声を上げた。

声を上げた瞬間、麦わら帽子が丘のほうへと飛んでいったのだ。

「いけない、あたしったら！」

美津が慌てた声で言い、足を一歩前に踏み出した。

そして、そのまま立ち入り禁止のテープを越えて、麦わら帽子を追いかけて丘に足を踏み入れる。

「美津、俺が取りに行くから」

風は止み、麦わら帽子は丘の中央あたりに落下していく。

事件現場を嫌がっていた美津に行かせる必要はないと思い、引き止めるために美津の手を掴もうとした、次の瞬間だった。

美津の体がガクンッと崩れ落ち、悲鳴が周囲に轟《とどろ》いていた。

一瞬、何が起こっているのか理解できなかったが、美津の細い足首に絡みつく無数の手を見た瞬間、青ざめた。

手は細いものから太いものまでさまざまで、そのどれもが美津の足をしっかりと掴んで離さない。

「美津！」

俺はとっさに美津の腕を掴んでいた。

「嫌！　助けて！」

泥だらけの手は美津の体を土の中へと引きずりこもうとする。

俺は必死で美津の手を掴み、引き込まれないよう力を込めた。

「助けて翔太！」

泣き叫ぶ美津の声が、丘中に響き渡る。

しかし、その体はジリジリと土の中へと沈んでいく。

美津の体を掴む手は無数に増え続け、丘のあちこちから伸びてきている。

どれだけ必死で引っ張っても、その力には叶わない。

ダメだ……力が足りない……！

歯を食いしばり、全身に汗をかきながら食い止めようとしてもほとんど意味はなかった。

「翔太！　助けて！」

美津は立っていることもできず、倒れ込んでしまった。

どうにか手を離さずに済んだものの、そうなるとあっという間だった。

手は美津の太ももや腰、両手にも絡みついていき、その体が見えなくなっていく。

「美津！」

叫んでも、どうにもならなかった。

たった数秒後、美津の体は完全に土の中へと埋もれていたのだった……。

どれだけ叫んでも、素手で丘の土を掘り返してみても美津を見つけることはできなかった。

「美津！　美津！」

「なんでこんなことに……！」

震える声で呟いて膝をつく。

あれだけ地中からボコボコと出てきていた手は一本も見当たらず、丘は静寂に包まれていた。

美津が言っていた闇丘の呪いは本当にあったのかもしれない。

大場里子ちゃんの呪いだけじゃなく、無数の死者の怨念がこの丘には充満しているんだ！

「どうして美津だけを……？」

ここへ来ようと提案したのも、ピクニック気分だったのも俺のほうだ。

美津よりもずっと不謹慎な気持ちでここに来た。

それなのに……。

呆然と座り込んだ視界の中に美津の麦わら帽子が見えた。

風に吹かれて俺の前にフワリと下りてくる。

「美津……」

麦わら帽子を手に取り、きつく胸に抱きしめた。

こうしている場合じゃない。

早く、美津を助け出さないと……！

俺は勢いよく立ち上がり、闇丘を駆け下りたのだった。


闇丘を下りて真っ先に向かったのは大場里子ちゃんの家だった。

テレビニュースでは取り上げられないが、ネットで調べると住所はすぐに出てきた。

幸いにも自転車で行ける距離で、俺はいったん自宅に戻りすぐに自転車で移動を始めた。

闇丘ではたくさん苦しんだ人がいるようだけれど、その全員を調べ出して供養していくような時間はない。

唯一わかっている大場里子ちゃん一人に絞るしかなかったのだ。

俺だけが襲われなかった理由も、何かあるはずだ。

それから十分後、俺は住所を辿って大場里子ちゃんの家を見つけていた。

庭つきの立派な一軒家だけれど、自転車を置いて近づいてみると表札が出ていないことに気がついた。

でも、住所はここで間違いない。

試しに玄関のチャイムを鳴らしてみるが、中からはなんの反応もなかった。

人がいるような気配もなく、静まり返っている。

「もしかして、ここじゃないのか……？」

ネット情報はすべてが真実だとは限らない。

もしかしたら、デマが書かれていたのかもしれない。

時間がかかっても、もう一度ちゃんと調べ直したほうがいいか……。

そう思った時だった。

偶然隣の家の住人が玄関から出てきたのだ。

背の高い男性で、これから仕事へ向かうのかスーツを着ている。

俺は躊躇《ちゅうちょ》することなく、その人に話しかけた。

「すみません！　あの、こちらのお宅は大場さんのお宅で間違いないですか？」

突然声をかけた俺に驚きながらも、男性は「あぁ、そうだよ」と、頷いた。

その返事にひとまず安堵する。

「家の方がいつごろ戻ってくるかわかりますか？」

「それは……どうだろうなぁ？　ここ数日見てないなぁ」

首をかしげる男性に焦りを感じた。

自分の家族が殺されたのだ。

もうこの街で暮らすことはできないと感じて、引っ越してしまった可能性もある。

「最後に見たのは、いつですか？」

「日にちまでは覚えてないけど、喪服姿で花を持ってたのを覚えてるよ。ほら、この家事件があっただろ？　だから、現場にでも行くのかなってその時は思ったけどなぁ」

記憶を呼び戻しながら言う男性に、俺は一瞬にして闇丘に引きずり込まれた美津の姿を思い出していた。

まさか、大場里子ちゃんの家族も同じように……？

「ごめん、俺仕事なんだ。もう行かないと」

「あ、お引き止めしてすみませんでした」

俺はスーツの男性に深々とお辞儀をして、大場家を見上げたのだった。

もしも大場里子ちゃんの家族まで闇丘に引きずり込まれていたとしたら、里子ちゃん以外の別の悪霊たちが悪さをしている可能性がある。

そうなると、こうして里子ちゃんについて調べていても意味がないかもしれない。

闇丘の近くにある公園のベンチで、俺は唸り声を上げながらスマホで調べものをしていた。

立ち止まっているような暇はない。

一刻も早く美津を助け出さないといけないのだ。

気を取り直して再びスマホ画面に視線を戻した時、ある記事に目を奪われた。

「無罪……？」

里子ちゃんの事件を調べ直しているうちに、犯人の男が数日前に無罪判決を受けていることがわかったのだ。

あれだけ残忍なことをしておいて、どうして……？

唖然として瞬きをする。

続けて記事を読み進めると、精神鑑定の結果責任能力がないと認められたのだとわかり、すでに自由の身になっていることまでわかった。

「こんなんじゃ、里子ちゃんの魂が安らげるわけがない……！」

加害者側にも事情があるのがわかるが、あまりにもひどい裁判結果だった。

思わず顔をしかめ、苦しい声を漏らした。

「もしかして、犯人がちゃんとした裁きを受けないから……？」

ハッとして、呟いた。

里子ちゃんの遺体が見つかって供養されても、その気持ちは収まっていない可能性は十分にあった。

たとえば俺が里子ちゃんなら、きっと相手を怨んでも怨みきれないだろう。

そう考え、俺はすぐに犯人の名前を検索した。

加害者側の個人情報だって、もうとっくに流出している。

調べてみると、家は遠いが今は施設に入っていることがわかった。

「施設の場所はここから電車で三十分だ」

俺は勢いよくベンチから立ち上がったのだった。

電車内で移動中、俺は何度も美津にメッセージを送った。

《翔太：大丈夫か？》

《翔太：まだ間に合うよな？》

《翔太：ちょっとでいいから、返事をしてくれ！》

そのどれもに、美津からの返事はなかった。

やっぱり、もうダメなのか？

丘の中に引きずり込まれた時点で、美津はあの世へと行ってしまったんだろうか？

絶望的な気分になりながら電車から降りて施設の前までやってきた時、不意にスマホが震えた。

すぐに立ち止まり、画面を確認する。

その瞬間、息をのんでいた。

送り主は美津になっている、でもその内容は、明らかに美津が書いたものではなかった。

《美津：殺せ。あいつを殺せ。殺せ殺せ殺せ殺せ殺せ殺せ殺せ殺せ殺せ殺せ殺せ！

そうすれば、お前の大切な人を返してやる》

文面を見た瞬間全身に鳥肌がたった。

強い怨みと憎しみを感じる呪いの文章。

文字を見ているだけで気分が悪くなり、吐き気がしてくる。

間違いない、これは里子ちゃんからのメッセージだ。

喉がカラカラに乾いていくのを感じ、呼吸が浅くなってきた。

殺せ。

俺が、犯人を殺せばいいのか……？

考えただけで体に震えが走った。

人殺しなんてできるわけがない。

でも、もたもたしている間にも美津の命が危なくなっていくのだ。

こんなメッセージが届くということは、美津はまだ生きているということだ。

俺だけ丘から解放されたのも、里子ちゃんの思惑があったからなのだろう。

しかし、どうすればいいかわからず、施設の前で棒立ちになってしまった。

助けたい。美津を、助けたい……！

グッと握り拳を作った時、一人の男が施設から姿を現した。

大きなマスクをつけ、チラリとこちらを気にしてから歩いていく。

さっき何度もスマホで確認したから間違いない。

あれが犯人の男だ！

そう思った瞬間、俺は男のあとを追いかけていた。

無罪なんて許さない。施設で自分だけ守られて暮らすなんて許さない！

そのせいで今美津は苦しんでいるんだ！

男が狭い路地へと歩みを進める。俺はそれに続いて足早に路地へと入った。

頭の中は真っ白で、何かを考えている余裕もなかった。

その時だった、曲がり角で立ち止まっていた男が目の前にいて、ぶつかってしまいそうになった。

慌てて立ち止まり、男の顔をマジマジと見つめる。

「お前、俺に何か用事か？」

低く、唸るような声で聞かれた。

マスクをつけていても、吊り上がった目は凶悪さを隠しきれていない。

俺は恐怖心が湧き上がってくるのをどうにか押し込めて、男を睨みつけた。

「お前が里子ちゃんを殺した犯人か」

そう質問する声が、情けないくらいに震えていた。

「だったらなんだよ？　俺は無罪になったんだ。とやかく言われる筋合いはない」

男に睨まれて、ひるんでしまいそうになる。

しかし、足を踏ん張ってどうにか震えを誤魔化した。

ここで怯えていては、美津を助けることはできない。

里子ちゃんから送られてきた《殺せ》という文字を思い出す。

里子ちゃんはこの男の手によって拷問され、そして死んでいった。

絶対に、許してはいけない存在なんだ。

震えている自分自身に、言い聞かせた。

「俺は責任能力がないんだ。どんなことをしても、罪にはならない」

その言葉に一気に血が頭に上がっていくのを感じた。

「責任能力がないから罪には問われない？　それを理解して罪を犯している時点で、お前には責任能力があるんじゃないのかよ！」

　そう怒鳴り、男の胸倉をつかみ上げた。

　殺せ。殺せ。殺せ。殺せ。殺せ。殺せ。

　頭の中で里子ちゃんの声が繰り返される。

　その声に導かれるように、俺は男の首に両手をかけていた。

　生身の人間の、気持ちが悪くなるような暖かさを感じる。

　今から自分がこの温もりを奪うのだと思うと、奇妙な気分になった。

　男が驚いたように目を見開いている。

　しかし、すでに喉を押さえているので声は出なかった。

　俺はさらに両手に力を込める。

　男が体のバランスを崩して後方へ倒れ込んだ。

　その隙を見計らい、体に馬乗りになるとさらに首を締め上げた。

　殺せ。殺せ。殺せ。殺せ。殺せ。

「死ね」

　そう囁いた瞬間、男は目を見開いたままグッタリと崩れ落ちていったのだった。

解放

男を殺害したあと、俺は近くの茂みの中にいったん遺体を隠した。

こんな場所にいつまでも置いておけるはずがないが、重たくて人目につくので白昼堂々と移動させることはできなかった。

けれどそのままにはしておけず、ホームセンターで大きなキャリーケースを購入し、どうにか男の体をその中に押し込めた。

血などが出ていないことは幸いだった。

俺はキャリーケースを片手に電車に乗り、自分の街まで戻ってくることができたのだ。

もちろん、移動中は気が気じゃなかったし、いつバレるかと気を緩めることはできなかった。

キャリーケースの中に自分の殺した男の死体があるなんて、自分でもいまだに信じられない思いだ。

そしてやってきたのは、闇丘だった。

周囲はすっかり暗くなっていて、街灯が一つも立っていない闇丘は異様な雰囲気が漂っていた。

献花台のそばまで歩き、キャリーケースの蓋を開ける。

ほんの数時間遺体が入っていただけなのに、外の暑さのせいでひどい臭いがしていた。

狭い中に無理やり詰め込んでいるため、男の体は奇妙に折れ曲がり、眼球は半分ほど飛び出してきている。

口や肛門から体液が流れ出てきているようで、キャリーケース内にドロリとした液体が広がっていた。

「望みどおり、殺してきてやったぞ！」

俺は丘へ向けて叫んだ。

自分の声が幾重にもなってこだまするが、どこからも返事はない。

俺は美津の麦藁帽子をきつく握りしめ、一歩闇丘へと足を踏み入れた。

「美津……」

そう呟いた時だった。

突然土の中から手が現れ、それがキャリーケースへ向かって伸びたのだ。

「うわっ！」

驚きのあまり、思わずその場に尻もちをついてしまった。

手は肘から先がぐんぐん伸びたかと思うと、キャリーケースを鷲掴《わし》みにして一気に土の中へと引き込んだのだ。

それは目にもとまらぬ速さで、俺は息をすることも忘れていた。

次の瞬間、死んだはずの男の断末魔が響き渡り、とっさに耳を塞いでいた。

まるで、悪魔に取りつかれたようなひどい悲鳴だ。

しかしそれはほんの一瞬の出来事で、闇丘はすぐに日ごろの静けさを取り戻していた。

途端に、俺以外誰もいない世界に来てしまった感覚になった。

ふと我に返り、俺は闇丘にすがりつくようにして土に触れた。

「美津……美津……」

周囲は静かで、誰の姿も見えない。

美津の名前を呼んでも、返事をしてくれる人はどこにもいない。

ひどい焦燥感が胸の中に生まれ、一気に涙が溢れ出してきた。

あの男を殺して持ってきたのに、やっぱりダメなのか？

遅かったのか？

「返せよ……！　美津を返せ！」

叫びながら土を殴りつけた。

「約束どおり殺してきただろうが……！」

悪霊が人間との約束を守ると思っていたなんて、俺の考えが甘いんだろうか？

「卑怯だぞ！　出てこいよ！」

四つん這いになり、もう一度土を殴りつけた時だった。

不意に土の中から血にまみれた手が出現し、俺の左手首を掴んでいたのだ。

「ひぃ！」

振り払おうとした瞬間、右手、両足首を同時に掴まれてしまった。

ボコボコと出現する手が俺の体を押さえつける。

恐怖でそれ以上は声も出なかった。

必死に抵抗してみても、複数の手に押さえつけられて身動きをとることもできない。

結局俺も、美津と一緒に引き込まれるのか。

それならそれでいいかもしれない。

行先が地獄でも、永遠の苦痛が続く世界でも、そこに美津がいるのなら……。

そう、覚悟した時だった……。

「翔……太」

土の中から、美津の声が聞こえてきたのだ。

「え……?」

こんなことあるはずがない。

きっと聞き間違いか、幻聴だ。

「翔太……」

俺の手首を掴んでいた手が、今度は必死に土を掘り返そうとしている。

まさか、本当に美津なのか⁉

ハッと我に返り、俺は土を掘り返し始めた。

指先が小石にぶつかり血が滲んでも、爪が剝がれても気にならなかった。

この下に美津がいる。

まだ、生きている!

そう思うと、気になることなんて、何一つなかった。

「美津、美津!」

声をかけながら二十センチほど掘り返した時、髪の毛の生えた頭部が見えた。

「翔太‼」

叫び声が聞こえたと同時に、頭部が空気を求めて上を向く。

その顔は涙と土にまみれていたけれど、間違いなく美津だったのだ。

「美津‼」

俺はさらに土を掘り返していく。

美津は必死に両手を上げて俺の体にすがりついてきている。

生きてる！

美津が生きている！

その現実に涙がこぼれ、視界が滲んだ。

それでも、俺は手を止めなかった。

素手で土をかき分け、石を取り除くたびに美津の体が露わになっていく。

白いワンピースは泥にまみれて真っ黒になり、履いていたはずのサンダルはどこかへ行ってしまっている。

けれど、俺は美津の体を土の中から救出することに成功したのだ。

「美津、よかった！」

美津の体をきつく抱きしめると、美津も俺の背中に腕を回してきた。

たしかに感じる温もりに、安堵感が広がっていく。

里子ちゃんはちゃんと約束を守り、美津を返してくれたのだ。

「ありがとう翔太。絶対に助けてくれるって、信じてたよ」

いったん体を離し、美津が涙に濡れた声で言う。

俺は強く左右に首を振った。

「もとはといえば俺のせいだ。美津はここへ来ることを嫌がってたのに、俺が無理やり連れてきたから」

そう言って、もう一度美津の体を抱きしめようとした時、「翔太、他にもいる！」と、叫んだ。

「え？」

「里子ちゃんの両親が、土の中に！」

そう言われて自分の足元へ視線を向けると、俺の足首を掴み続けている手が二本あった。

嘘だろ……。

「今、助ける！」

俺は土の中の二人へ向けて、言ったのだった。

日常

それから時間は経過して、夏休みになっていた。

俺と美津との付き合いは続いていて、時々二人で里子ちゃんの家に遊びに行くこともあった。

里子ちゃんを殺した犯人は施設から失踪したことになっていて、いまだ見つかっていない。

事実は、俺一人しか知らない。

美津との約束場所に十分前に到着した俺は、スマホのメッセージを確認した。

《殺してやる。殺してやる。殺してやる。殺してやる。殺してやる。殺してやる》

あの男を殺してから、時々届くメッセージ。

相手のIDを調べてみると、もうこの世には存在していないあの男のものだとわかった。

いくらブロックをしても、届き続けている。

俺はそっと自分の首元に手を当てた。

あの時、男の首を絞めて殺した感覚がリアルに蘇ってくる。

そして、このメールが届くたびに、自分が息苦しくなっていく感覚があった。

「お待たせ翔太」

夏らしく、サンダル姿の美津が駆け寄ってきて笑顔になった。

すぐにスマホをポケットにしまい、美津に手を伸ばす。

美津は俺の手を握りしめた。

「翔太、首どうしたの？　なんか、赤くなってるけど？」

それはきっとあの男の手形だった。

メッセージが届くたびに、俺には呪いがかけられているのだ。

この手形が濃くなればなるほど、俺の死は近づいているのだろう。

「気のせいじゃないか？　それより、今日はどこに行く？」

そう尋ねる俺の頭の中には、あの男の『殺してやる』という声が、いつまでも響いていたのだった。

END.

あとがき

皆様こんにちは、または初めまして、西羽咲です。

このたびは『予言写真』を手に取ってくださり、誠にありがとうございます！

少しでも楽しんでいただけたのであれば、幸いです。


さて、今回の作品はちょっぴり久しぶりとなる、心霊ホラーになります。

この作品の発売が決定する前にちょうど心霊ものを書きたいなぁと考えていたので、出版作業をしながら満たされていくのを感じました。

今、満足感がハンパないです（笑）。

この作品を執筆した私自身はまったく霊感体質ではないのですが、作品の中には霊感を持つ主人公たちが出てきます。

生まれ持った力のせいで悪霊に悪さをされるのですが、力の使い方次第では回避できることもあったかもしれません。

嫌な予感を無視せず、仲間に忠告しておけば何か変わっていたかも？

誰しも嫌な予感がして、それが的中した経験はあると思います。

そんなときは、ふと立ち止まって居場所を確認してみてもいいかもしれないですね。もしかしたら、足元にたくさんの悪霊たちが……!?　なんてことは滅多にあるものじゃないと思いますが、今一度気になったことを確認する作業をしてみてもいいかもしれません。

備えあれば憂いなしです!

さて、私はそろそろ紛失したプロットを探しに行かないといけません。どこに置いたのか、まったく思い出せません。みなさん、こういう時のための備えですよ?　お忘れなく。プロットどこ行ったかなぁ……困ったなぁ……。

最後になりましたが、本書の制作に携わってくださった方々、サイトで読んだり、文庫本を購入して応援してくださる皆様に、心より感謝申し上げます。

これからも、どうぞよろしくお願いいたします!

二〇一九年九月二十五日　西羽咲花月

西羽咲 花月（にしわざき かつき）

岡山県在住。趣味はスクラッチアートと読書。2013年8月『爆走LOVE★BOY』で書籍化デビュー。『彼氏人形』で第9回日本ケータイ小説大賞で文庫賞を受賞。『キミが死ぬまで、あと5日〜終わらない恐怖の呪い〜』、『恋愛禁止〜血塗られた学生寮〜』、『復讐日記』、『秘密暴露アプリ〜恐怖の学級崩壊〜』（すべてスターツ出版刊）など多数書籍化される。現在は、ケータイ小説サイト「野いちご」にて執筆活動中。

榎のと（えのき のと）

漫画家、イラストレーター。主な作品は『僕らに恋は早すぎる』（漫画/ZERO-SUMコミックス）、『うちタマ?!』（漫画/ジーンピクシブシリーズ）。装画では、野いちご文庫『すき、きらい、恋わずらい。』『私はみんなに殺された』（スターツ出版）ほか、『駅伝ガールズ』（装画/角川つばさ文庫）などがある。

西羽咲花月先生への
ファンレター宛先

〒104-0031　東京都中央区京橋1-3-1　八重洲口大栄ビル7F
スターツ出版（株）書籍編集部気付　西羽咲花月先生

この物語はフィクションです。
実在の人物、団体等とは一切関係がありません。

予言写真

2019年9月25日　初版第1刷発行

著　者　西羽咲花月
©Katsuki Nishiwazaki 2019

発行人　菊地修一

イラスト　榎のと

デザイン　カバー　ansyyqdesign
　　　　　フォーマット　齋藤知恵子

DTP　株式会社 光邦

編集　相川有希子　酒井久美子

発行所　スターツ出版株式会社
〒104-0031
東京都中央区京橋1-3-1 八重洲口大栄ビル7F
TEL 出版マーケティンググループ03-6202-0386（ご注文等に関するお問い合わせ）
https://starts-pub.jp/

印刷所　株式会社 光邦
Printed in Japan

乱丁・落丁などの不良品はお取り替えいたします。
上記販売部までお問い合わせください。
本書を無断で複写することは、著作権法により禁じられています。
定価はカバーに記載されています。
ISBN 978-4-8137-0766-0 C0193

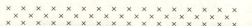

恋するキミのそばに。

野いちご文庫人気の既刊！

死んでも絶対、許さない

いぬじゅん・著

いじめられっ子の知絵の唯一の友達、葉月が自殺した。数日後、葉月から届いた手紙には、黒板に名前を書けば、呪い殺してくれると書いてあった。知絵は葉月の力を借りて、自分をイジメた人間に復讐していく。次々に苦しんで死んでいく同級生たち。そして最後に残ったのは、意外な人物で…。

ISBN978-4-8137-0729-5　定価：本体560円＋税

あなたの命、課金しますか？

さいマサ・著

容姿にコンプレックスを抱く中3の渚は、寿命と引き換えに願いが叶うアプリを見つける。クラスカーストでトップになるという野望を持つ彼女は、次々に「課金」ならぬ「課命」をして美人になるけど、気づけば寿命が少なくなっていて…。欲にまみれた渚を待ち受けるのは恐怖!?　それとも…？

ISBN978-4-8137-0711-0　定価：本体600円＋税

恐愛同級生

なぁな・著

高二の莉乃はある日、人気者の同級生・三浦に告白され、連絡先を交換する。でも、それから送り主不明の嫌がらせのメッセージが送られてくるように。おびえる莉乃は三浦を疑うけれど、彼氏や親友の裏の顔も明らかになり始めて…。予想を裏切る衝撃の展開の連続に、最後まで恐怖が止まらない!!

ISBN978-4-8137-0666-3　定価：本体600円＋税

秘密暴露アプリ

西《にし》羽《わ》咲《ざき》花《か》月《つき》・著

高3の可奈たちのケータイに、突然「あるアプリ」がインストールされた。アプリ内でクラスメートの秘密を暴露すると、ブランド品や恋人が手に入るという。最初は誰もがバカにしていたのに、アプリが本物だとわかった瞬間、秘密の暴露がはじまり、クラスは裏切りや嫉妬に包まれていくのだった…。

ISBN978-4-8137-0648-9　定価：本体600円＋税

書店店頭にご希望の本がない場合は、書店にてご注文いただけます。